사랑외전

이외수의 사랑법

이외수가 쓰고
정태련이 그리다

해냄

그대 오늘 사랑을 굶지는 않으셨나요.

| 차례 |

1

한 땅에서 한 인연을 기다리며

2

가는 사랑이 있는데 왜 오는 사랑이 없으랴

3

똥 싼 놈은 도망가고 방귀 뀐 놈은 붙잡히는 세상

4

그중에 제일은 그대이니라

5

대한민국에서는 방부제도 썩는다

6

도덕에 어찌 옛것과 새것이 있으랴

7

그대가 변하지 않으면 세상도 변하지 않는다

8

버티기의 기술

9

그대 현재는 미약하였으나 그대 미래는 창대하리라

1

한 땅에서 한 인연을 기다리며

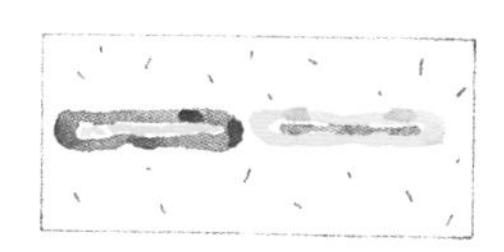

그대 가슴에 꽃이 피지 않았다면

온 세상에 꽃이 핀다고 해도 아직 진정한 봄은 아닙니다.

그대가 아침 잠에서 깨었을 때

리트머스 시험지처럼 사랑의 진위를 확인할 수 있는 방법이 생긴다면 어떤 현상이 발생할까요.

운명은 인간의 노력으로 바꿀 수 있지만, 숙명은 인간의 노력으로 바꿀 수 없습니다. 운명은 인간의 소관이지만 숙명은 하늘의 소관입니다. 지금 이 글을 읽으시는 그대에게 축복이 가득하기를.

어린이 사생대회나 어린이 백일장에 가보면 엄마들이 참견을 하거나 손질을 해서 어린이들의 순수성이나 천재성을 다 망쳐버리는 장면을 목격하곤 합니다. 그런 폐단을 방지하기 위해 엄마 놀이터나 엄마 격리실을 만들어주어야 한다는 생각까지 들 지경입니다.

어머니의 빈번한 퇴짜로 40이 넘도록 결혼을 못한 만득이. 이번에는 외모도 성격도 어머니를 빼닮은 여자를 구했습니다. 어머니는 매우 흡족한 표정으로 결혼을 허락하셨습니다. 그런데 아버지가 그녀와 결혼을 하면 집을 나가겠다고 하십니다.

다른 건 몰라도 사랑만은 머리가 아니라 가슴입니다.

진심으로 나를 사랑한다면 아프지도 않게 하고 슬프지도 않게 해야 한다는 생각은 버려야 합니다. 사랑은 상대로부터 비롯되는 생로병사, 희로애락 모두를 아무 불평 없이 굳게 끌어안는 것입니다.

그대가 아침 잠에서 깨었을 때, 그대를 버리고 멀리 떠나간 사람이 다시 돌아와 그윽한 눈길로 그대의 얼굴을 들여다보면서 미소를 짓고 있습니다. 제일 먼저 무슨 말을 하실 건가요.

사랑은 점괘를 초월한다

인생을 살다 보면 많은 사람들을 만나게 되고 그들은 길게 또는 짧게 제 인생의 동반자가 됩니다. 그런데 어떤 동반자들은 제 짐을 조금이라도 덜어주려고 애를 쓰는데 어떤 동반자는 자기라는 짐뿐만 아니라 다른 짐까지도 제게 안겨주려고 애를 씁니다.

조선백자를 많이 소장하고 계시던 시조시인 김상옥 선생님께 진품과 가짜를 구분하는 방법을 여쭈어본 적이 있습니다. 선생님의 대답은 간단했습니다. "사랑하면 보인다"였습니다.

젊은 커플이 제게 와서 물었습니다. 진심으로 사랑하는데 궁합이 안 좋다는 점쟁이의 말을 믿고 부모님이 결혼을 반대하십니다. 방법이 없을까요. 제가 대답했습니다. 사랑은 점괘를 초월합니다.

진실로 사랑을 아는 자가 되고 싶다면 버림받은 것들에게 간직되어 있는 아름다움부터 눈여겨볼 줄 알아야 합니다. 작은 것들 속에는 언제나 큰 이치가 들어 있나니, 천하를 사랑하겠다는 웅지를 품은 자가 어찌 길섶에 피어 있는 풀꽃 한 송이를 하찮게 여기겠습니까.

꽃이야 누군들 사랑하지 못하겠습니까. 최소한 지렁이나 걸레 정도는 되어야 사랑도 슬프지만 제맛이 나는 법.

아플 때 떠오르는 사람이 진정 그리운 사람이라면, 저는 진정 그리운 사람들이 너무 많군요. 그런데 어찌하여 아플 때마다 제 머리맡에는 한 사람도 보이지 않고 물컵 하나와 약봉지만 달랑 남아 있는 것일까요.

불행 겨루기

사랑을 못 주어본 사람이 더 불행할까요 사랑을 못 받아본 사람이 더 불행할까요.

먼 길을 갈 때 동행이 없으면 보람도 견문도 반감됩니다. 인생은 먼 길을 가는 것이지요. 그래서 동행이 필요합니다. 하지만 서로 목적지가 다르거나 가치관이 다르면 박터지게 싸우기도 합니다. 최성수가 부릅니다. 사랑하고 싶어요, 빈 가슴 채울 때까지.

배 속이 텅 빈 거지보다는 머리 속이 텅 빈 거지가 훨씬 더 불쌍한 거지입니다.

사랑하는 사람의 진심 어린 문자 한 줄로도 밤이 낮보다 환해질 수가 있습니다.

첩첩산중에서 원고지나 파먹고 사는 저도 마누라가 슬쩍 봉투 찔러주면서 여보야 용돈, 하면 기분이 좋습니다. 돈 쓸 일 별로 없는 저도 이런데 집 나가면 돈 쓸 일투성이인 도시의 남자들은 어떨까요. 사모님, 오늘은 배춧잎 한 장 보너스로 곁들인 뽀뽀 한번 강추.

사랑이 밥 먹여주느냐고 물으시는 분들이 계십니다. 한마디로 대답해 드리겠습니다. 사랑은 밥도 초월합니다.

호박이 수박보다 못할 게 뭐냐

콩 심은 데 콩 나고 팥 심은 데 팥 난다는 옛 속담을 믿었습니다. 그런데 콩 심은 데서도 오리발이 나오고 팥 심은 데서도 오리발이 나옵니다. 콩도 팥도 심은 건 당신인데 엉뚱한 놈이 따먹습니다. 그리고 오리발을 내밉니다. 참 쥐랄 같지 않습니까.

암탉이 울면 집안이 망한다는 속담이 있습니다. 여자분들이 아주 기분 나쁘게 생각하는 속담이지요. 암탉은 알을 낳았을 때 웁니다. 그런데 왜 집안이 망합니까. 속담이 절대적 진리는 아니지요. 속담도 가끔 지랄을 할 때가 있습니다.

멀리 있는 친척이 가까운 이웃보다 못하다는 속담이 있습니다. 하지만 멀리 있는 친척이나 가까운 이웃이나 돈 없으면 모두가 꽝입니다.

호박에 줄 긋는다고 수박 되는 거 아니라는 말이 있지요. 반대로 수박에 있는 줄 지운다고 수박이 호박 되는 거 아닙니다. 엄밀하게 따지자면 서로의 특성이 다를 뿐, 호박이 수박보다 못할 것도 없지 않겠습니까.

어릴 때 백지장도 맞들면 낫다, 라는 속담을 백지장도 맛 들면 낫다는 뜻으로 알아듣고, 어떤 장인지 맛 들었을 때 한번 먹어보고 싶다는 생각을 했었습니다.

먼 길을 빨리 가는 가장 좋은 방법

양심 챙겨서 대답해 주세요. 10억이 들어 있는 상자와 평소 호감을 느끼던 이성이 급류에 떠내려가고 있습니다. 둘 중 하나밖에 건질 수 없는 상황이라면 당신은 어느 쪽을 건지시겠습니까.

사람과 돈 중에 어느 쪽이 더 소중하냐는 설문지를 돌려보면 대다수가 돈보다는 사람이 더 소중하다고 대답합니다. 그러나 막상 큰돈이 눈앞에 있을 때는 왜 대답과 상반되는 행동을 보이게 될까요.

똥이 더럽다고 모두가 피하면 온 세상은 똥밭이 되고 맙니다.

열어야 할 것들은 막으려고 애쓰고 막아야 할 것들은 열려고 애쓰

함박꽃나무 (magnolia)

2012

시는 분들. 순리를 그르쳐서 돌아오는 것은 재앙밖에 없습니다. 물론 한 치 앞도 안 보일 테니 쫄지도 않으시겠지만.

어떤 분께서 제게 물으셨습니다. 화천에서 부산까지 가장 빨리 갈 수 있는 방법을 알고 계십니까. 저는 모르니 가르쳐달라고 말씀드렸습니다. 그분께서 흔쾌히 가르쳐주셨습니다. 사랑하는 사람과 함께 가는 것이라고.

그대 가슴에 꽃이 피지 않았다면 온 세상에 꽃이 핀다고 해도 아직 진정한 봄은 아닙니다.

낭만이 밥 먹여주느냐고 묻는 분들이 계십니다. 물론 밥의 중요성은 인정합니다. 그러나 낭만이 없는 인생을 산다는 것은 반찬 없는 맨밥을 먹는 것과 다를 바 없습니다. 이왕 먹는 밥 맛있게 먹으면 더 좋듯 이왕 사는 인생 멋지게 살면 더 좋겠지요.

그대가 걷는 인생길은, 때로 꽃잎에 덮여 있기도 하고, 때로 빗물에 젖어 있기도 하고, 때로 낙엽에 덮여 있기도 하고, 때로 눈에 덮여 있기도 합니다. 유심히 보면 같은 길은 없지요. 다만 그대의 시선만 새롭지 않을 뿐, 길은 언제나 새롭습니다.

비록 입에 풀칠을 못 하는 한이 있더라도

그대는 함박눈 내리는 풍경을 보고 있으면 누가 제일 보고 싶어지나요. 저는 할머니가 제일 보고 싶어집니다. 모든 사람들을 아랫목처럼 따뜻한 마음으로 대하셨던 우리 할머니. 겨울이면 그리움 함박눈이 되어 쏟아집니다.

수은주의 눈금이 내려가면 그리움의 눈금은 올라갑니다. 겨울.

감정이 있다는 것은 결코 나쁜 일이 아닙니다. 인간으로서는 당연하지요. 저도 슬프면 울고, 기쁘면 웃고, 열받으면 화내고, 불안하면 근심합니다. 하지만 그 감정에 오래 집착하지는 않습니다. 특히 슬픔, 성냄, 근심 따위는 오래 간직할수록 독이 되지요.

옛말에 부모 마음속에는 부처가 들어 있고 자식 마음속에는 앙칼이 들어 있다고 했습니다. 그러니까 자식은 예나 지금이나 애물단지. 하지만 그토록 부모 마음 몰라주던 자식도 제 자식 길러보면 압니다. 이 세상에 부모만큼 아픈 이름이 없다는 것을.

어떤 학생이 제게, 성적을 올릴 자신이 없으니 차라리 부모님을 바꿀 방법이 없느냐고 물었습니다. 글쎄요, 그 학생은 자기의 어머니를 에디슨의 어머니와 교체하고 자기의 아버지를 세종대왕과 교체할 방법을 물었는지도 모릅니다. 부모님도 때로는 자식을 바꾸고 싶어 하실 겁니다. 공부 좀.

어버이날 찬밥 신세 된 카네이션. 어버이들이 제일 싫어하는 선물이라네요. 제일 좋아하는 선물은 현금. 저는 자식들이 곁에 있는 것이 최고의 선물이라고 생각합니다.

비록 입에 풀칠을 못 하는 한이 있더라도, 남에게 웃음을 주는 인생이 되어야지, 남에게 웃음거리가 되는 인생이 되지는 말아야겠습니다.

오래 머물러 있어야 할 것들은 일찍 우리 곁을 떠나버리고, 일찍 우리 곁을 떠나버려야 할 것들은 오래 우리 곁에 머물러 있습니다. 싫다고 다 버릴 수도 없고 좋다고 다 가질 수도 없겠지요. 그저 존버정신 하나로 이 겨울이 끝나기만을 기다리겠습니다.

커플

커플들은 대개 기념일에 사소한 말다툼으로 출발해서 급기야는 결별로 끝을 맺는 경우가 허다합니다. 이때도 자존심이 사랑을 깨뜨리는 망치의 역할을 합니다.

지구상에 존재하는 어떤 것이라도 하찮은 것은 없습니다. 다 저마다의 존재 이유가 있습니다. 요즘 젊은이들은 그 사람보다는 조건을 유심히 보는 성향이 있습니다. 무엇보다 중요한 것은 그 사람 자체입니다. 눈에 보이지 않는 것이 눈에 보이는 것보다 가치가 있습니다. 유심히 보면 내 인생 전체를 맡겨도 될 만큼 가치 있는 것을 발견하실 수 있습니다.

어느 티브이 프로가 비닐하우스 속에서 탐스럽게 잘 익은 딸기들을 보여주고 있습니다. 색깔이 참 곱습니다. 저는 그것을 보다가 문득, 인간들이 언젠가는 사랑까지 비닐하우스에서 양식을 하거나 재배를 하는 날이 올지도 모른다는 생각을 했습니다.

오솔길이 굽었다고 길옆에서 자라는 전나무까지 굽었던가요. 세상이 썩어 문드러졌다고 그대까지 썩어 문드러질 수는 없지요. 흐린 세상도 한순간이요 쓰린 인생도 한순간. 결국 언젠가는 평온하고 맑은 세상이 오고야 말겠지요. 그때까지 우리 함께 굳세게 존버.

세상에서 제일 힘들고 외로운 직책—가장(家長).

단어 하나가 그대로 하여금 눈시울을 적시게 만드는 경우가 있습니다. 그대는 어떤 경우에 어떤 단어 때문에 눈시울을 적셔보셨나요. 저는 할머니라는 단어만 보면 눈시울이 젖어옵니다.

외롭다면

냉장고가 가만히 있다가 갑자기 부아앙 소리를 내면서 발진을 합니다. 왜 그래 짜샤. 제가 묻습니다. 영감, 나라고 안 외롭겠어. 냉장고의 대답이었습니다.

고독이 무슨 죄가 있겠습니까.

오목을 좀 둘 줄 안다고 바둑을 두는 사람한테 왜 4의 자리를 막지 않느냐고 언성을 높여 핀잔을 주는 사람들을 가끔 봅니다. 장고 끝에 재떨이 가득 쌓여 있는 담배꽁초들이 깔깔깔 웃음을 터뜨릴 노릇입니다. 젠장할 훈수, 알까기 고수와 바둑 고수는 다르지 말입니다.

사람들은 개의 형상, 고양이의 형상, 곰의 형상을 가진 장난감을 모두 인형이라고 합니다. 사람의 형상은 인형, 개의 형상은 견형, 고양이의 형상은 묘형, 곰의 형상은 웅형이라고 해야 옳지 않을까요. 하지만 틀린 쪽이 더 자연스러울 때도 있습니다.

세상은 척박한 감성의 사막. 오늘도 저는 낙타가 되어 터벅터벅 불면의 모래언덕을 넘어가고 있습니다. 얼마나 걸어야 이 목마른 사막은 끝이 날까요. 이 시간 깨어 있는 그대 머리맡으로 엽서를 보냅니다. 봄이 올 때까지는 우리 절대로 울지 말기.

멋진 새는 나무를 가려서 앉는다

배부른 상전, 종놈 배고픈 줄 모른다는 속담이 있습니다. 속담 속에 칼이 들어 있고 속담 속에 떡이 들어 있습니다. 속담만 제대로 소화해서 실천해도 성인군자의 반열에 오를 가능성이 높습니다.

아예 모르는 사람보다 어설프게 아는 사람이 사람 잡는 경우가 더 많습니다. 이럴 때 쓰라고 선무당이 사람 잡는다는 속담이 만들어졌지요. 그럼, 앉은 무당은 사람 살리느냐고 물으시는 분, 아주 잘났습니다 고갱니임.

금강산도 식후경. 아무리 재미있는 일이라도 배가 불러야 흥이 난다는 뜻으로 쓰여지는 속담입니다. 지구촌 유일의 분단국가. 지금으로서

2012

는 백 그릇의 밥을 먹어도 금강산 구경은 남의 나라 이야기입니다. 문자를 좀 써서 표현한다면 금강산도 화중지산(畵中之山)인 셈이지요.

목마른 놈이 우물 판다는 속담이 있습니다. 하지만 목마르면서도 남이 파줄 때까지 목 안 마른 척 딴전 피우는 놈들도 있습니다. 그런데 더 역겨운 놈들은 삽질 한 번 안 해본 주제에 물만 축내면서 우물이 깊으니 얕으니 불평을 일삼는 놈들이지요.

양금택목(良禽擇木). 멋진 새는 나무를 가려서 앉는다는 뜻입니다. 『장자』에는 원추라는 새가 나옵니다. 오동나무가 아니면 앉지를 않고 멀구슬 열매가 아니면 먹지를 않으며 감로수가 아니면 마시지를 않지요. 특히 썩은 쥐 따위에는 전혀 관심이 없습니다.

바닷가에 사는 개가 호랑이 무서운 줄 모른다는 속담이 있습니다. 호랑이에 대해서 전혀 아는 바가 없기 때문에 겁을 내지 않습니다. 무식하면 용감하다는 말이 그래서 나온 거지요.

올라가지도 못할 나무를 자꾸 쳐다보던 넘이 결국 사다리를 발명하지 않았을까요.

열 번 찍어 안 넘어가는 나무가 있다는 사실을 아는 넘이 전기톱을 발명했을 겁니다.

차나 한잔 하실까요

저는 커피보다 발효차인 황차를 선호하는 편입니다. 하지만 커피일 경우에는, 종점다방 미스킴 배달류의 커피에 만성피로증후군 세 스푼과 습관성애정결핍증 세 스푼을 타서 마십니다.

춘천 커피안에 들러 커피를 마셨습니다. 내 젊음이 유배당했던 춘천. 망각의 서랍 깊숙이 파묻혀 있던 낱말들이 커피안의 밀감빛 등불 아래서 날개를 파닥거리며 날아다니고 있었습니다. 2012년. 너무 멀리까지 흘러와버렸다는 생각이 들었습니다.

제가 먹을 쓸 때는 일단 무아지경이 될 때까지 습작을 하면서 문방

사우와의 합일을 시도합니다. 합일이 되면 먹을 한 번만 찍어서 한 호흡으로 완성합니다. 먹은 수행입니다. 붓질 한 번이 욕심 한 번이지요.

집중력은 체내에 축적된 지방질을 분해하는 효력을 가지고 있다고 합니다. 일에 몰두해 있는 인간의 모습은 언제나 아름답습니다. 길쌈이나 가사에 몰두해 있는 여자의 모습, 노동이나 사무에 몰두해 있는 남자의 모습이 사랑을 촉발시킵니다.

자신과의 약속을 잘 지키는 사람이 가족과의 약속을 잘 지키고 가족과의 약속을 잘 지키는 사람이 세상과의 약속도 잘 지킵니다. 사정이 어떠하더라도 약속을 지키지 못하면 상대편에게는 결례가 됩니다. 그래서 저는 가급적이면 약속을 하지 않습니다.

먼지는 날개가 없어도 어디든 자유롭게 날아다닙니다. 어쩌면 한 점의 먼지가 수십억 년 전에는 태산보다 큰 산이었을지도 모릅니다. 그러나 이제 먼지는 일체를 버리고 오직 한 점 먼지로만 남아 있습니다. 살다 보면 가벼움이 거룩함이 될 때도 있습니다.

2

가는 사랑이 있는데 왜 오는 사랑이 없으랴

미농지 구겨지는 소리로 가을비 내립니다.

소리 죽여 흐느끼면서 조금씩 산들이 무너집니다.

불현듯 젖은 그리움으로

슬픔 없이 피는 꽃이 어디 있으며 고통 없이 영그는 열매가 어디 있으랴. 그대는 한 송이 슬픔이므로 아름다운 꽃으로 필 수 있고 그대는 한 덩이 고통이므로 향기로운 열매로 영글 수 있나니, 그대 진실로 아름다운 이여.

당신은 사랑받기 위해서 태어난 사람이라는 노랫말을 믿지 말라. 그대는 사랑받기 위해서 태어난 사람이 아니라 사랑 주기 위해서 태어난 사람이다. 그것을 자각하지 못하면 당신은 사랑받기 위해서 태어난 사람이라는 노랫말에 수없이 배신감을 느끼게 될 것이다.

천지에 빗소리 가득한 날, 불현듯 젖은 그리움으로 떠오르는 이름이 있다면 당신은 그를 한때나마 진실로 사랑했음이 분명하다. 지금은 어디서 무얼 하는지 전혀 알 길이 없더라도.

햇빛이 투명할수록 아픔은 선명해지는 가을. 이별은 가장 잔인한 형벌이다.

꽃은 잎을 그리워하여 피고 잎은 꽃을 그리워하여 피지만 꽃이 피기 전에 잎이 져버려서 만날 수 없다는 의미로 붙여진 이름 상사화. 에혀, 사랑도 왜 그리 지랄 맞은지. 보는 사람까지 마음이 아리네.

상처 중에서도 가장 아픈 상처는 실연의 상처다. 물론 시간이라는 생약이 있기는 하지만, 장복해야 한다는 단점이 있고, 수시로 재발을 하기 때문에 악성 난치병에 해당한다. 사랑을 하려면 부디 이별 없는 사랑을 하시기를.

한평생 박터지게 머릿공부 해본들, 열병 같은 사랑은 어찌하며 고문 같은 이별은 어찌하리. 온 세상 공부 중에서 가장 값진 공부는 오로지 마음공부. 먼 산머리 조각구름은 오늘도 거처가 없네. 불현듯 깨닫고 나면 그대 앉은 자리 모두가 우주의 중심.

우물 옆에서 목말라 죽는다

하나님. 올해도 저를 위해 기도하는 시간보다 남을 위해 기도하는 시간이 많은 사람이 되겠습니다. 그런데 자비로우신 하나님. 뱀은 언제까지 배를 땅바닥에 붙인 채 기어 다녀야 하고 인간은 언제까지 출산을 하거나 먹고살아야 하는 고통에 시달려야 하나요.

서툰 무당은 멀쩡한 장고를 탓할 것이고 진짜 무당은 잘못된 귀신을 탓할 것입니다. 세상은 어떤가요. 저는 환갑이 넘도록, 온갖 사람을 만나면서 살아왔지만, 장고를 탓하는 무당은 많이 보았어도 귀신을 탓하는 무당은 거의 보지 못했습니다. 두그당.

우물 옆에서 목말라 죽는다는 속담이 있습니다. 융통성이 없는 사람을 표현할 때 쓰는 말입니다. 당사자는 당연한 듯이 살아가지만 곁에서 보는 사람은 속 터져 죽을 지경입니다. 그런데 똥고집까지 막강하다면 어떨까요. 직장에서 이런 분 만나면 끝장입니다.

4.5와 5는 같은 반이고 5는 짱입니다. 어느 날 5가 4.5에게 빵을 사오라고 명령했습니다. 그러나 4.5는 웃기지 마 짜샤, 라고 무시해 버렸습니다. 일진에게 겁도 없이 들이대다니, 급우들은 깜짝 놀랐습니다. 그때 4.5가 말했습니다. 새퀴들아, 나 점 뺀 거 몰라?

고수가 하수에게 겸손을 보이면, 하수는 고수가 자기와 맞수인 줄 압니다. 승부는 겨루어보기도 전에 이미 거기서 끝난 겁니다.

내 가슴에 배반의 대못을 박고

아침에 창을 여니 하늘은 무거운 회색. 내 수첩 속에는 이제 그리워해도 만날 수 없는 이름들만 가득하니, 오늘은 비 내리기 전에 서둘러 그 이름들부터 지워야겠네.

너는 오늘도 내게로 오지 않았고, 시계는 천연덕스럽게 자정을 넘어섰고, 나는 이제 기다리는 일을 그만 포기해야겠다고 생각했다. 아무리 생각해 보아도 제기랄, 날마다 어금니에 츄잉검처럼 질겅질겅 씹히는 고독은 내게 있어서는 피할 길 없는 팔자소관.

내가 사랑하는 이들은 모두 내 곁을 떠나네. 목메이는 노래처럼 비수처럼.

내 가슴에 배반의 대못 박고 황망히 떠나갈 때, 네 가슴에 희망의 달빛 환하게 떠오르더냐.

문학에 목숨 걸고, 너무도 험난하고 먼 길을 맨발로 피흘리며, 걸어서 여기까지 왔는데, 다들 어디로 갔을까. 온 세상이 텅 비어 있네.

나를 버리고 떠나신 님들아. 십 리도 못 가서 발병이 났느냐. 나를 버리고 떠나실 때는 아예 발모가지가 분질러지기를 빌었지만, 여기는 상서면 다목리 감성마을. 밤새도록 울면서 바다로 가는 계곡 물소리. 불현듯 나를 버리고 떠나신 님들이 그리워지는 밤.

사람이 그리울 때마다 유랑극단 주법으로 하모니카를 불었습니다. 해는 져서 어두운데 찾아오는 사람 없어. 2절까지 부르고 후렴을 자꾸만 반복해도 끝내 찾아오는 사람은 아무도 없었습니다. 순식간에 어둠이 깔리고 하늘에 별들만 하나둘 돋아나고 있었습니다.

진정한 사랑에는 이별이 따르지 않는다

십 년을 한 여자를 사랑한 남자와 십 년을 한 여자만 기다린 남자, 어느 쪽 남자의 심장이 더 발기발기 찢어져 너덜거릴까요.

한국 남자들은 사랑고백에 인색합니다. 겉으로 드러내면 자신이 간직하고 있는 사랑의 크기와 무게가 삭감되는 듯한 느낌 때문입니다. 하지만 바람둥이들은 다릅니다. 구랏발로야 무슨 짓을 못하겠습니까. 욕망만 채우고 사라져버리면 그것이 사랑인데 진실은 무슨 개뿔이람.

나이 서른이 넘었는데도, 당신이 곁에 있어서 행복합니다, 라고 말할 수 있는 사람을 아직 못 만났다면 당신은 지금까지 세상을 헛살았는지도 모릅니다.

음식에도 궁합이 있는데 사람에겐들 궁합이 없겠습니까. 하지만 음식은 다른 재료를 배합해서 부작용을 없애면 되고 사람은 사랑을 배합해서 부작용을 없애면 됩니다. 그런데 한사코 자기만을 절대시하는 분들이 계시지요. 그런 분들은 걍 혼자 사시기를.

한 번 버림받았는데 두 번 버림받지 않는다고 누가 장담할 수 있을까요. 알고 보면 조건 따지는 사랑은 모두 쭉정이.

사랑하기 때문에 작별을 하든 미워하기 때문에 작별을 하든 결국 서로에게 남는 건 기나긴 아픔뿐입니다.

먹고 싶을 때 먹고 자고 싶을 때 자고 놀고 싶을 때 놉니다. 혼자서도 할 수 있는 일들이지요. 잊고 싶을 때 잊고 보고 싶을 때 보고 죽고 싶을 때 죽지는 못합니다. 혼자서는 할 수 없는 일들이지요. 이 시대를 함께 살아가는 이들이여, 사랑하며 삽시다.

2012

손톱은 슬플 때마다 돋고

의심하는 일에는 머리를 쓰고 깨닫는 일에는 가슴을 씁니다. 날이 갈수록 의심이 커지면 날이 갈수록 감동이 줄어듭니다. 모든 깨달음은 감동을 수반하지요. 하지만 머리로는 절대로 감동할 수 없습니다. 언제나 그대의 마음을 활짝 열어두시기를.

미농지 구겨지는 소리로 가을비 내립니다. 소리 죽여 흐느끼면서 조금씩 산들이 무너집니다. 고개를 깊이 숙이고 물안개 저 너머로 사라지는 나무들. 가을비 속에서는 언제나, 삼류 애정영화의 마지막 장면처럼, 증오는 희미해지고 사랑만 선명해집니다.

〈아리랑〉 끝줄의 진심은 사실 이것일지도 모릅니다. 나를 버리고 가시는 놈아, 십 리도 못 가서 다리 부러져라. 사랑의 크기와 증오의 크기는 정비례하는 것이 아닐까요.

사랑에 실패했다고 하더라도 목숨까지 끊지는 마시기를. 단지 이번 사랑이 실패했을 뿐 다음 사랑을 위해서 그대는 살아 있어야 합니다. 모든 실패는 그대의 성공을 위한 디딤돌에 불과합니다. 딛고 일어섭시다. 이 시대를 존버하는 그대, 진실로 아름답습니다.

겨울밤이 길다는 뜻은 그리움도 길다는 뜻이 되지요. 이미 소식이 두절된 사랑을 무작정 기다리면 병이 됩니다. 이불 머리끝까지 뒤집어쓰시고, 그래, 썩을 놈아(또는 썩을 년아), 부디 잘 먹고 잘 살아라. 욕이라도 한 바가지 퍼부으세요.

손톱은 슬플 때마다 돋고 발톱은 기쁠 때마다 돋는다는 말이 있습니다. 사람은 기쁠 때보다 슬플 때가 더 많다는 뜻이지요. 한 번씩 손톱을 깎을 때마다 슬픔도 싹둑 깎여져 나갔으면 좋겠습니다.

우울증이 있는 여자에게 콩 한 알을 화분에 심고 키워보라고 말해주었습니다. 그녀는 자신의 무기력이 콩을 말라죽게 만들 거라고 말했습니다. 하지만 콩은 쉽게 말라죽지 않습니다. 일 년 후 그녀는 나팔꽃도 심었고 백일홍도 심었습니다. 그리고 오랜 우울증에서 벗어났습니다.

물속에서 피는 수련은, 한자로 물 수 자를 써서 수련(水蓮)이라고 쓰지 않고 졸음 수 자를 써서 수련(睡蓮)이라고 씁니다. 의외지요. 동틀 무렵에 피어서 해질 무렵에 잠든다고 하여 붙여진 이름이랍니다. 미녀는 잠꾸러기라는 말은 수련을 보고 지어낸 말이 아닐까요. 영어로는 물백합(water lily). 꽃말은 청순한 마음이라고 합니다.

사랑의 표현은, 남이 하면 닭살 돋는 짓이고, 내가 하면 새살 돋는 짓입니다. 사랑은 아무나 하냐고요? 그럼요. 사랑은 아무나 합니다. 아직 솔로인 분들은 실망하지 마세요. 다만 인연이 닿지 않았을 뿐입니다.

거울을 보고 크게 외치세요. 네가 제일이야. 우주 전체를 통틀어 너는 하나밖에 없는 존재이니까.

마음이 울적해질 때마다 거울을 보세요. 그리고 거울 속에 있는 자기에게 다정한 목소리로 속삭여주세요. 아직 절망할 때는 아니다. 존버.

2012

그대가 이 세상에 오신 뜻

저는 중광 스님, 천상병 시인 두 도인을 생전에 자주 뵐 수가 있었는데 그분들도 희로애락을 느끼고 술담배를 즐기고 자주 삐치는 모습도 보여주셨습니다. 천진난만, 자유분방, 유치찬란, 순진무구하셨지요. 두 분은 어디에도 일절 걸림이 없으셨습니다.

중광 스님은 유치찬란의 경지를 즐겁게 생각하는 분이셨습니다. 가식과 허영을 무가치하게 생각하고 천진과 무애를 아름답게 생각하셨지요. 천상병 시인과 만나면 무척 행복해 하셨습니다. 가끔 두 분이 만나실 때 저는 꼽사리. 지금은 다 전생의 일이지만요.

중광 스님은 입적하기 바로 전에 '괜히 왔다 간다'는 법문을 남기셨습니다. 그대가 이 세상에 오신 뜻을 아는지요.

먼 길을 떠날 때는 짐이 가벼울수록 좋습니다. 명상을 통해 우주를 한 바퀴 돌아보려면 티끌 같은 잡념도 태산 같은 짐이 됩니다. 우리가 빈손으로 와서 빈손으로 가는 이유도 거기에 있습니다.

저녁 한 끼 배부르게 먹고 하늘을 쳐다보면, 하늘 가득 흩어져 반짝거리는 별들. 온 세상을 통틀어 때려죽이고 싶을 정도로 미운 놈이 하나도 없다는 생각이 듭니다.

해마다 그토록 어여쁜 꽃을 내게 보여주고 그토록 향긋한 열매를 내게 맛보게 해준 뒤뜰 개복숭아나무야. 미안하다. 이 영감탱이가 미욱해서 아직 고맙다는 말을 한 적이 없구나.

비 오는 날은 떠나지 말기

옛사람들은 키 큰 사람을 가리켜 땅 넓은 줄은 모르고 하늘 높은 줄만 아는 사람이라고 표현했지요. 요즘은 하늘 높은 줄도 알고 땅 넓은 줄도 아는 사람들이 많아졌습니다. 하지만 무엇보다 땅과 하늘이 무서운 줄도 알면 세상이 한결 좋아지지 않을까요.

천둥소리가 들립니다. 태어나서 얼마나 많은 죄를 지었나 생각해 봅니다. 벼락을 맞을 정도로 많이 짓지는 않았을 거라고 스스로 면죄부를 발급해 주면서도 왠지 켕기는 기분입니다. 문득, 정치가들도 천둥소리 들으면 이런 생각을 하시는지 궁금합니다.

비 오는 날 나를 떠난 사랑 너무 아파서 오래전에 망각의 강물 깊이 수장해 버렸습니다. 그런데 오늘 통곡하는 하늘 젖은 시간의 배면 저 멀리, 터덜터덜 걸어오는 그대 모습. 살아서 사랑했던 모든 것들은 결코 살아서는 잊을 수 없는 건가요.

제 나이를 계절로 따지자면 겨울이지요. 어물어물하는 사이 머리에는 새하얀 무서리, 흐린 날은 관절 속에서 얼음알이 서걱거립니다. 하지만 개콘 네가지 버전으로 말씀드릴게요. 나이 많다고 무시하지 마세요. 이래 봬도 마음만은 복사꽃 만발한 이팔청춘입니다.

오르지 못할 나무는 쳐다보지도 말라는 속담이 있습니다. 저라면 쳐다볼 시간에 열심히 사다리를 만들겠습니다.

하나를 보고도 열을 아는 사람이 있는가 하면 열을 보고도 하나조차 모르는 사람이 있습니다. 그중 한 사람은 그대에게 필요치 않은 사람일 수도 있습니다. 하지만 우주에서는 어떤 이유로든 꼭 필요한 사람이기 때문에 존재하고 있는 것입니다.

그의 이름만 떠올려도 심장 가득 반짝거리면서 별이 돋아난다면 그것을 사랑이라 해도 무방합니다.

솔로 만세

솔로 여러분 오늘도 즐겁게 보내고 계시는지요. 어차피 예수님도 솔로였고 부처님도 솔로였습니다. 기죽을 필요 하나도 없습니다. 반드시 이성에 대한 사랑만이 사랑이 아닙니다. 이번 기회에 우리도 우주 만물을 통째로 사랑해 버립시다. 올레!

미혼남녀의 사랑을 위한 힌트—여자는 자기를 예뻐해 주는 남자에게 목숨을 바치고 남자는 자기의 능력을 인정해 주는 여자에게 목숨을 바친다.

그대가 남자라면, 여자와 사진을 찍을 때, 한 족장 정도 카메라 쪽으로 얼굴을 내밀고 찍는 센스를 발휘합시다. 혹시 왜 그래야 하는지 모르는 남자분 계신가요.

그대가 여자일 경우에는 명심하십시오. 사랑은 반드시 백마 탄 왕자와 함께 오는 것이 아닙니다. 때로는 말을 끄는 마부와 함께 오기도 합니다. 오, 알흠다운 사랑!

외모가 출중하면 많은 이들의 부러움을 삽니다. 그런데 간혹 외모만 출중하고 속이 시커먼 사람들이 있습니다. 그런 사람들에게 써먹으라고 빛 좋은 개살구라는 표현이 생기지 않았을까요. 개살구의 반대말은 참살구입니다. 그대는 어느 쪽에 해당되시는지요.

꿈속에서 당신의 애인이

여행지에서 이메일을 보내는 사람과 손편지를 보내는 사람이 있습니다. 만약 그중에서 배우자를 선택해야 한다면 당신은 어느 쪽을 선택하시겠습니까.

하루라도 못 보면 죽을 것 같던 당신의 애인이 다른 사람이 생겼다는 이유로 결별을 선언했습니다. 이때 악마가 나타나 자기에게 영혼을 팔면 애인이 되돌아올 수 있게 해주겠다고 장담합니다. 당신의 결정은?

10년 동안 사랑했던 애인을 버리면 재벌 2세와 결혼할 수 있습니다. 당신의 선택은?

남자들이 어망에 들어 있는 물고기에게는 떡밥을 주지 않는다고 투덜거리는 여자들에게 묻겠습니다. 남편 집에 놔둔 채 요란하게 치장한 모습으로 외출하는 건 어망에 들어 있는 물고기에게 떡밥 안 주는 심리와 어떻게 다른가요.

사랑은 김태희하고 나하고 누가 더 예쁘냐고 물어보지 않는 것. 하지만 열 번을 물어도 그때마다, 니가 더 예뻐, 라고 대답해 주는 것.

꿈속에서 당신의 애인이 죽었습니다. 그런데 잠을 깨니, 당신의 애인이 머리맡에 앉아 근심어린 표정으로 당신을 내려다보고 있습니다. "사랑해"라는 말을 제외하고 제일 먼저 해주고 싶은 말은?

권장 답안—이 개새퀴.

당신은 여자입니다. 그런데 피치 못할 사정에 의해, 의처증환자와 알콜중독자 중 하나를 남편으로 선택해서 결혼해야 합니다. 당신은 어느 쪽을 남편으로 선택하시겠습니까. 그리고 그쪽을 선택하신 이유는?

친구와 애인 중 한쪽을 버려야 목숨을 부지할 수 있는 상황에 처한다면 당신은 어느 쪽을 버리시겠습니까.

당신이 남자라면 여자로부터 다음 중 어떤 말을 들었을 때 가장 모욕감을 느끼게 될까요. 1. 제 밥벌이도 못하게 생겼구만. 2. 군대 한 번 더 갔다 오시죠. 3. 앞으로 아는 척하지 마세요. 4. 저는 그쪽을 한 번도 남자라고 생각해 본 적이 없어요.

자신이, 몸은 늙었으나 마음이 젊은 사람도 될 수 있고, 마음은 늙었으나 몸이 젊은 사람도 될 수 있다면, 그대는 어느 쪽을 선택하시겠습니까.

흙 한 사발과 금 한 사발 중에서 어느 쪽이 더 가치가 있느냐고 물으신다면 저는 흙 한 줌이 더 가치가 있다고 대답하겠습니다. 그러나 어느 쪽을 가지겠느냐고 물으신다면 당연히 금 한 사발을 가지겠다고 대답하겠습니다. 설명할 필요가 있을까요.

한 사람의 성공에 의해서 많은 사람들이 행복해지는 경우와 한 사람의 성공에 의해서 많은 사람들이 불행해지는 경우가 있지요. 전자가 성인군자의 성공이라면 후자는 시정잡배의 성공이지요. 당신이 기대하는 성공은 어느 쪽이신가요.

모태사랑결핍증

사랑했으나 내 곁에서 떠난 것들은 모두 불치의 상처를 남깁니다. 계절이 바뀔 때마다 상처는 도지고 눈부신 햇살 속으로 꽃잎이 떨어지거나 시퍼런 쑥대풀이 흔들리거나 우수수 낙엽이 흩날리거나 추적추적 진눈깨비가 내립니다. 그리고 인생은 조금씩 통속해집니다.

꽃들을 볼 때마다 이름과 자태가 너무 잘 어울린다는 생각을 하게 됩니다. 바람꽃, 해바라기, 나팔꽃, 안개꽃, 진달래. 꽃을 사랑하지 않는 사람은 그런 이름을 지을 수 없을 거라는 생각을 했습니다. 사랑하면 모두가 시인이 되는 것 같습니다.

저는 모태사랑결핍증환자입니다. 날마다 허기진 영혼으로 살아갑니다.

제가 지금까지 출간한 책들을 모조리 태워도 절대로 타지 않고 선명하게 남아 있기를 바라는 두 글자—사랑.

진실로 위장이 허기진 사람은 먹이를 대상으로 초근목피를 가리지 않습니다. 마찬가지로, 진실로 영혼이 허기진 사람은 사랑을 대상으로 우수마발(牛溲馬勃)을 가리지 않습니다.

제게서 떠나간 모든 것들을 다시 제 곁으로 불러들일 재간은 없습니다. 다만 떠날 때의 아픔까지를 아직도 나만 간절하게 사랑할 수 있을 뿐.

이 비 그치면 날씨 더욱 싸늘해지겠지요. 날씨 더욱 싸늘해지면 외로움 더욱 살갗을 파고들겠지요. 날씨야 하늘이 하는 일이니 어쩔 수가 없겠지만, 마음이라도 따스함을 잃지 말고 살아야겠습니다.

모든 계절의 사랑

봄 여름 가을 겨울. 모두 사랑하기 좋은 계절일 뿐, 이별하기 좋은 계절은 하나도 없습니다. 고작 6십5년을 살았는데 6백5십 번도 넘는 이별을 겪었습니다. 나를 떠나간 이들이여. 안녕하신지요. 이외숩니다. 저는 그런대로 잘 있습니다.

겨울은 음악이 투명해지는 계절. 음악이 투명해질수록 늑골이 시려오는 계절. 끝내 그대에게는 오지 않는 사랑, 빌어먹을 개나 물어가라고, 아프게 아랫입술을 깨무는 계절. 하지만 언젠가 찾아올 사랑을 위해 가슴에 간직했던 잠언들은 버리지 않는 계절.

새벽이 왔습니다. 기온이 급격히 떨어졌습니다. 어제부터 감기가 저를 덮쳤습니다. 혓바닥 밑에 작은 돌기가 생겼습니다. 혀를 놀릴 때마다 따끔거립니다. 저는 알아들었습니다. 맛있는 것 많이 먹고 푹 쉬라는 뜻이지요. 이럴 때는 감기도 정겹습니다.

사랑은, 추운 날 화천 단호박 찐빵을 레인지에 살짝 덥혀서 달콤한 미소를 발라 그대에게 내미는 것.

가라고 보채지 않아도 겨울은 가고, 오라고 보채지 않아도 봄은 옵니다. 뻔히 알면서도 조바심을 치고 있으니 아직도 내 공부는 멀었다는 뜻.

핸드폰이 표시하는 현재기온 영하 8도. 날씨는 분명 겨울입니다. 하지만 그대 따뜻한 말 한마디로도 뼛속까지 환해지는 봄이 됩니다.

3

똥 싼 놈은 도망가고 방귀 뀐 놈은 붙잡히는 세상

지금은 한밤중. 그러나 반드시 새벽은 옵니다.

밥 먹다 돌 하나 씹었다고

2교시 수업 끝나자마자 도시락을 까먹는 녀석을, 참을성 없는 놈이라고 욕하지 마십시오. 녀석이 아침을 거르고 등교를 했다면 욕한 그대가 나쁜 놈이 되고 맙니다. 언제나 속단은 금물입니다. 급히 먹는 밥이 대개 소화불량을 초래해서 복통을 일으키는 법입니다.

진정한 대장장이는 자기 밭을 갈려고 밤을 새워 호미를 벼르지는 않습니다. 그것이 장인정신입니다.

밥 먹다 돌 하나 씹었다고 그릇째로 밥을 다 버릴 수는 없지요. 한 사람의 잘못 때문에 전체를 싸잡아 매도하지는 말아야겠습니다.

그대 안에 천사가 거하지 않는데 어디 가서 천사를 찾겠습니까.

험한 세상을 살다 보면, 나를 패고 싶어하는 사람도 만나게 되고, 내가 패고 싶은 사람도 만나게 됩니다. 그럴 때 쓰시라고 욕이라는 게 만들어졌습니다. 하지만 대한민국은 동방예의지국, 상대편에게 들리지 않도록 혼잣말로 쏘시는 것이 최소한의 예의지요.

제가 살아오면서 경험한 바에 의하면, 백 가마니의 지식이 한 덩어리의 주먹밥보다 못할 때가 많았습니다.

닭 모가지를 비틀어도 새벽이 온다는 사실쯤은 삼척동자도 알고 있지요. 그런데도 동네방네 싸질러 다니면서 한사코 닭 모가지를 비트는 넘들이 있습니다. 지금은 한밤중. 그러나 반드시 새벽은 옵니다. 그때까지 그대여, 희망 하나 간직한 채 오늘도 존버.

2012

앞뒤가 안 맞잖아요

젊은 시절 한때 저는 노숙자로 살았던 적이 있습니다. 그때는 남들처럼 세수하고 이 닦고 밥 먹을 처지가 아니었습니다. 그런데 어떤 분들은 40년 전의 저와 지금의 저를 동일시해서 비위생적인 놈이라는 비난을 서슴지 않습니다. 정말 별꼴이 반쪽입니다.

올림픽은 대부분의 국민들이 4년마다 한 번씩 자신이 엄청난 애국자임을 확연히 깨닫는 날이지요. 특히 시상식장에 태극기 게양되면서 애국가 울려 퍼지면 남녀를 가리지 않고 거의가 가슴이 뭉클해지면서 눈시울이 뜨거워집니다.

A매치 경기에서 대한민국이 패하기만 하면 자기가 티브이로 중계를

시청했기 때문이라고 생각하시는 분들이 있습니다. 그래서 중계를 안 보시는 분들까지 있습니다. 대형사고만 터지면 책임자가 없는 대한민국. 높은 분들은 이런 분들께 개인지도 좀 받으시기를.

일본은 자꾸만 독도가 자기네 땅이라고, 두부 씹다 생니 부러지는 소리를 하고 있습니다. 방사능 때문에 다들 뇌가 작동을 멈춘 거 아닐까요. 생떼는 10살 이전에 써야 귀엽지 다 큰 놈들이 쓰면 패고 싶어집니다. 브라우니 재들 좀 물어!

거리에서 도나 기를 아느냐고 묻는 사람들 중에, 도나 기를 아는 사람들은 몇 명이나 될까요. 그리고 그분들의 속이 뻔히 보이는 말에 속아 넘어가는 사람들은 또 몇 명이나 될까요.

어떤 분께서 제게 잔소리와 충고의 차이를 물으셨습니다. 제 생각에는, 잘하고 있는데 말로 귀찮게 거들면 잔소리입니다. 반대로 못하고 있을 때 말로 걱정스럽게 거드는 것이 충고입니다. 물론 받아들이는 사람에 따라 다를 수도 있기는 합니다만.

가끔 큰 고뇌도 거치지 않고 입 밖으로 툭 튀어나온 말이 뼈를 저리게 만드는 진리일 때가 있습니다. 있을 때 잘하지, 라는 말도 그중의 하나입니다.

그대가 개똥철학으로 교수를 해먹든, 말똥철학으로 교주를 해먹든, 내 알 바가 아니지만, 그걸 무기로 자주 생사람을 잡는다면, 그대보다는 개똥이나 말똥이 훨씬 사회 발전에 도움이 된다는 생각입니다.

세상을 살다 보면 가끔 학벌 좋은 사람이 반드시 성격까지 좋은 건 아니구나, 하는 깨달음과, 벼슬 높은 사람이 반드시 인품까지 높은 건 아니구나, 하는 깨달음을 얻을 때가 많습니다. 그럼요, 옷이 명품이라고 몸이 명품일 리는 없겠지요.

세속적인 잣대와 안목을 버리지 못하는 사람들은 흔히 진짜에게는 경계심을 보내고 가짜에게는 신뢰감을 보내는 오류를 범합니다. 당신이 만약 진짜라면 이런 경우 어떤 태도를 보이시겠습니까.

한 번 속는 것은 상대에 대한 믿음 때문이고 두 번 속는 것은 자신에 대한 믿음 때문이며 세 번 속는 것은 판단력이 신통치 못한 뇌를 소유했기 때문입니다.

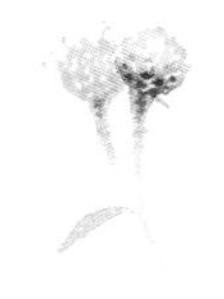

세상이 아무리 썩어 문드러져도

사람마다 가슴속에 씨앗처럼 심어두고 간절히 싹트기를 기다리는 희망의 낱말이 하나쯤은 간직되어 있겠지요. 저는 오래도록 '명작'이라는 낱말을 간직하고 살아갑니다. 그대는 어떤 낱말을 간직하고 살아가시는지요.

이따금 거울을 보면서, 힘을 내, 너는 반드시 성공할 거야, 라고 격려해 주십시오. 삭막하고 외로운 세상, 자뻑은 스스로 만들어 복용하는 자양강장제의 일종입니다. 꿀꺽.

환갑이 훨씬 넘은 저도 꿈을 잃지 않고 사는데 서른도 안 된 젊은이들이 꿈이 없다는 소리를 서슴지 않습니다. 생각할수록 안쓰럽습니다.

일어서십시오. 태어나자마자 헤엄치는 물고기는 있어도 태어나자마자 걷는 인간은 없습니다. 걷기를 배울 때까지 우리는 얼마나 많이 넘어져야 했던가요. 실패의 아픔을 모르는 자 성공의 기쁨도 모르나니, 오늘의 실패를 디딤돌로 내일 기필코 성공에 이르도록 힘쓰십시오.

비관론자들은 또 하루가 간다고 말합니다. 하지만 또 하루가 가는 것이 아니라 또 하루가 오는 것입니다. 모든 하루는 그대를 위해 부여되는 하루라는 이름의 희망이요 기회입니다. 제가 드리는 것은 아닙니다만 부디 아름답고 요긴하게 쓰시기 바랍니다.

세상이 아무리 썩어 문드러져도, 양심을 더럽히지 않고, 초연하게 살아가시는 당신을 끝까지 응원하겠습니다.

오늘의 피박은 내일의 대박!

꼴불견은 마찬가지

부전자전의 새로운 해석. 아버지의 쩐이 곧 아들의 쩐이다.

천리 길도 시동부터.

공부 못하는 놈이 계획표만 자주 갈아 치우고, 인격 부족한 놈이 악플만 자주 싸지른다.

말꼬리 물고 늘어지는 놈이나 개꼬리 물고 늘어지는 놈이나 꼴불견은 마찬가지.

명절 고도리는 이순신 장군이 와도 평정할 수 없는 친목대첩이다.

집 지키는 개라면, 도둑이 들었을 때 물지는 못하더라도 짖기는 해야 하는 거 아니냐.

뻔질나게 숯가마 찜질하러 다니는 여자가 숯가마꾼 얼굴에 묻은 숯검댕을 흉본다.

가는 말이 고와도 오는 말이 더럽다.

길 가는 여자의 스타킹 올 풀린 건 쪽팔리는 일이고 자기 바지에 동대문 활짝 열린 건 거수경례 받을 일이냐.

자기 못난 줄 모르는 놈일수록 남 탓하기 바쁘다.

봉황이 어찌 참새의 설움을 알랴.

사랑은 누가 해도 아픈 것이다

한 여자가 밤새도록 울고 있다. 서푼어치도 안 되는 신파조의 사랑 때문에.

불행을 예약한 여자—자기를 죽도록 좋아하는 남자는 거들떠보지도 않고 자기가 죽도록 좋아하는 남자에게만 목을 매는 여자.

가문, 학벌, 직업, 외모, 연봉—그런 것들 때문에 결혼을 하는 사람들은 있어도 그런 것들 때문에 사랑을 느끼는 사람들은 드물다. 느낀다고 하더라도 그것은 짝퉁이다.

세상에서 제일 먼 거리가 머리에서 마음까지의 거리라고 한다. 한평생을 바쳤는데도 도달하지 못했다고 말씀하시는 분들도 있다. 무슨 뜻이냐고는 묻지 말라. 말이나 글로 설명할 수 있는 문제가 아니다.

사랑받을 자격이 없는 사람을 사랑할 경우, 당신은 죄를 짓지 않아도 날마다 심장을 도려내는 지옥을 경험할 수 있다.

울지 마라. 겨울이 끝나면 봄이 오겠지. 봄이 오면 꽃이 피겠지. 꽃이 피면 죽은 사랑, 죽은 채로 시름없이 잊혀지겠지. 새 사랑 벚꽃같이 눈부시게 피어나겠지. 울지 마라 울지 마라 울지 마라.

어이상실, 대략난감

언제나 운동화를 꺾어 신고 달리기를 하면서 실력 없는 코치 때문에 기록을 낼 수 없다고 투덜거리는 육상선수가 있습니다. 당신이 코치라면?

당신은 남자입니다. 여자 취객 하나가 당신 집으로 가는 골목에 인사불성 상태로 쓰러져 있습니다. 정신 차리시라는 말과 함께 어깨를 흔들었더니 깨어나 당신이 자기를 성추행했다고 핸드폰으로 경찰서에 신고했습니다. 목격자는 없습니다. 예상되는 상황은?

나쁜 놈들이 더 잘 산다는 말은, 나쁜 짓으로 권력을 잡았거나 재산을 축적한 놈들, 그리고 그놈들을 추종하는 무리들이 자기들의 죄를 합리화하기 위해 만들어낸 억지 논리에 불과합니다. 가난하게 살더라도 인간답게 사는 편이 훨씬 행복에 가깝습니다.

오랜만에 만나서 반갑다고 자기가 활짝 팔을 벌려 기쁜 표정으로 포옹까지 해놓고는, 나중에 아는 사람들을 만나기만 하면 성희롱을 당했다고 떠벌리고 다니는 여자가 있습니다. 당신이 진단하는 이 여자의 심리는?

마음이 아픈 환자에게 흉부에 파스를 붙이라고 처방하는 의사가 실지로 존재한다면 틀림없이 그는 돌팔입니다. 하지만 처방대로 했더니 나았다면?

슬픔이여 싹둑

가난이 예술의 밑거름이 될 수는 있지만 예술가는 무조건 가난해야 한다거나 예술하면 가난해진다는 망발은 인정할 수 없습니다. 예술이 대접받지 못하는 나라는 아무리 막강한 경제력과 군사력을 확보하고 있어도 후진국입니다.

예술을 모른다고 크게 부끄러워할 필요는 없습니다. 다만 모르면서 비난하는 것은 분명 꼴불견에 해당합니다. 물론 예술에만 국한된 얘기가 아니라 다른 경우도 마찬가지겠지만요.

하루에 라면 한 끼도 때우기 힘든 시절에는 남들이 말하는 꿈 따위 제게는 사치에 불과했었지요.

군대에서는 베스트셀러 100권보다 여친의 편지 1통이 더 큰 위안이 됩니다.

몸은 개천에 있어도 입은 관청에 있다는 우리 속담이 있습니다. 비천한 신분으로 호의호식만 바라는 사람을 비아냥거릴 때 쓰는 말입니다. 저는 그러지 않겠습니다. 솔잎만 먹고 살겠습니다. 그러고도 비단 같은 글만 뽑아낼 수 있다면 말입니다.

바다 저 너머에 사랑이 있다면 풍랑인들 어찌 무서우며, 사막 저 건너에 사랑이 있다면 폭염인들 어찌 무섭겠습니까. 다만 사랑이 어디 있는 줄 모르는 청맹과니 인생, 한평생 코끼리 다리만 더듬다 죽을까 걱정일 뿐.

오늘같이 비 내리는 날은 시라도 한 줄 지어볼 일입니다. 시를 지을 자신이 없으면, 빗소리에 젖어 있는 블루스라도 한 곡 불러볼 일입니다. 세상이 아무리 삭막해도 퇴근길에는 파전에 막걸리라도 한잔 걸치면서 삭막한 세상, 그대 아픈 가슴은 그대가 달래고 볼 일입니다.

인터넷 서점 북리뷰 쓰는 칸에 '빠른 배송 감사합니다'만 쓰고 아무것도 쓰지 않은 사람을 보면 작가는 잠시 외롭지 말입니다.

빗속에서 들리는 비행기 엔진소리. 비행기는 구름보다 높이 날 수 있어서 비가 와도 괜찮습니다. 하지만 구름보다 높이 날지 못하는 새와 곤충들은 모두 어디서 비를 피할까요. 살갗에 달라붙어 귀찮게 굴지만 않는다면 제 집필실을 잠깐 빌려줄 수도 있는데.

춘천에서 40년 정도를 살았습니다. 저와 목로주점에서 술 한잔을 같이 마신 적이 있는 사람도 이외수는 내가 키운 작가라고 큰소리를 칩니다. 절대로 틀린 말이 아닙니다. 옛날이나 지금이나 저를 스쳐가는 사람들은 어떤 의미로든 제게 크나큰 가르침을 줍니다.

향기롭지 않은 과일은 벌레도 먹지 않습니다. 물론 과일은 벌레가 먹건 사람이 먹건 가을이 되면 향기롭게 익습니다. 익었다면 땅에 떨어져 사람에게 천대받은들 어떤가요. 자신을 키운 나무뿌리, 한 줌 거름으로 스며들어도 기쁜 일이지요.

패배한 사람을 비난하지 마십시오. 정작 비난받아야 할 사람은 패배한 사람이 아니라 패배를 두려워해서 도전을 포기해 버린 사람입니다.

실현가능성은 희박하지만

만약 당신이, 살아 있는 지렁이나 살아 있는 굼벵이, 둘 중 하나를 잘근잘근 씹어 먹어야만 사랑하는 사람이 인질에서 풀려날 수 있는 입장에 처해진다면, 당신은 어떤 동물을 잘근잘근 씹어 먹으실 건가요.

당신이 후생에 치사찬란하게도 모기와 거머리 딱 두 가지로만 환생할 수 있다면 어느 쪽을 선택하시겠습니까. 물론 실현 가능성이 매우 희박하니까 유쾌한 기분으로 답변해 주시기 바랍니다.

조금 전 지렁이와 굼벵이를 잘근잘근 씹어 먹고 사랑하는 사람을 인질에서 구하는 문제는 씹어 먹어야 할 지렁이와 굼벵이의 양이 각각 한 사발이었음을 알려드립니다. 갈등에는 다소 변함이 있어도 사랑에는 절대 변함이 없으시겠지요.

당신이 투명인간으로 변했습니다. 제일 먼저 하고 싶은 일은?
이외수의 지극히 현실적인 답안—거울 보기.

빛보다 빠른 물질을 발견했다는 기사를 읽었습니다. 아인슈타인의 상대성 이론이 의미를 상실하고 타임머신 제작이 가능하다는 추측도 나오고 있습니다. 타임머신이 발명되면 저는 먼 과거로 가서 최초로 시험제도를 만든 사람을 죽지 않을 정도로 패고 오겠습니다.

쌀가루나 밀가루처럼 글가루라는 것을 적당히 반죽해서 수필떡이나 소설국수나 시수제비 따위를 만들 수 있다면 세상은 어떻게 달라질까요.

불면의 밤을 넘어

가슴에도 씨앗을 뿌립시다. 꿈이 될 수 있는 씨앗, 꽃이 될 수 있는 씨앗, 열매가 될 수 있는 씨앗, 그런 씨앗들을 뿌립시다. 하지만 가슴이 척박하면 어떤 씨앗도 발아하지 않습니다. 가슴을 적시기에는 사랑이 제일, 받기만 하지 말고 주기도 합시다.

제 글은 어떤 맛일까요. 갓 건져 올린 생선을 회 쳐놓은 듯한 맛일까요, 아니면 오랜 시간 정성으로 고아낸 사골 같은 맛일까요. 어떤 맛이라 해도 실망치는 않겠습니다. 한 줄만 음미해도 그대 영혼이 환해지는 그날까지, 불면의 밤을 지새우며 살겠습니다.

4

그중에 제일은 그대이니라

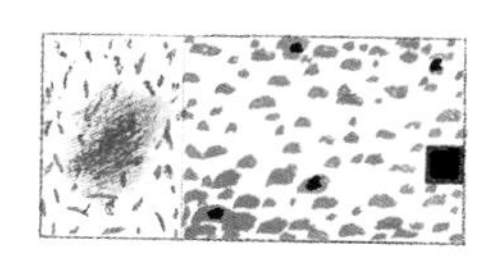

그래, 우리는 제기럴, 속았는지도 모른다.

모든 사랑은 무죄

가장 기쁜 순간과 가장 슬픈 순간에 떠오르는 사람이 바로 그대가 진정으로 사랑하는 사람입니다—는 개뿔, 진정으로 사랑하는 사람은 시도 때도 없이 떠오르는 법입니다. 심지어는 화장실에 앉아 똥을 누는 순간까지도.

인생 최악의 실수를 한 가지씩 말해 봅시다. 저는 아내가 첫애를 임신했을 때 예수님도 마구간에서 낳았으니 집에서 낳자고 산부인과에 한 번도 데리고 가지 않았지요. 물론 가난 때문이었습니다. 결국 제 손으로 첫애를 받았는데 지금까지도 원망을 듣곤 합니다.

지갑에 돈 마르는 것 걱정하는 사람은 많아도 가슴에 정 마르는 것

걱정하는 사람은 드물지요. 그럴수록 인생은 삭막해집니다. 가슴에 꽃밭이 있어도 수시로 물을 주지 않으면 꽃들이 말라 죽고 말지요. 작고 하찮은 것들에게도 사랑의 눈길을 보내면서 삽시다.

행복한 가정생활을 영위하고 싶으십니까. 먼저 배우자가 어떤 때 웃고 어떤 때 화를 내는지를 간파해야 합니다. 그다음 웃는 짓만 하고 화내는 짓은 하지 말아야 합니다. 뱀 말입니까. 아직도 가지고 있다면 당장 꺼내서 쓰레기통 속에 던져버리세요.

나를 사랑한다면 그 정도는 당연히 해주어야 하는 것 아냐, 라는 말을 자주 하시는 그대. 그대는 상대를 위해 어떤 일을 해주셨나요.

진심으로 사랑하는 사람은 마음속에 자리하지 머릿속에 자리하지 않습니다. 인간은 어떤 대상을 소유하고 싶을 때 머리가 앞서지요. 하지만 내가 대상을 소유하고 싶도록 만들지 말고 대상이 나를 소유하고 싶도록 만드는 일이 중요합니다. 세상만사가 일체유심조(一切唯心造).

육체적인 사랑이 아니라 정신적인 사랑이라면 편애를 제외한 모든 사랑은 무죄입니다.

우리는 속았는지도 모른다

모두가 영어에 능통한 시대. 살아남으려면 얼마나 영어를 잘해야 할까. 차라리 영어를 아예 못하는 사람이 살아남을 가능성이 훨씬 높지 않을까. 영어를 잘하는 사람들끼리는 박터지게 싸워도 영어를 못하는 사람들끼리는 아예 싸울 생각조차 하지 않을 테니까.

단지 취업하기 힘들다는 이유 하나로 대학에서 철학과가 사라져버린다면, 그것은 대학이 아니라 대학을 위장한 직업소개소에 불과하다.

초·중·고등학교를 졸업하고 대학을 거쳐 대학원까지 졸업하는 동안 엄청난 비용과 엄청난 시간을 투자했다. 그리고 현재의 그대가 남았다. 본전은 찾았다고 생각하시는지.

대한민국의 구태의연한 교육실태와 진리탐구는 도대체 무슨 상관이 있는가. 대학을 졸업하고 그대가 얻어낸 진리가 무엇인지 한마디로 말해 보자. 그대는 혹시 진리탐구를 빙자한 사기를 당한 것이나 아닌지. 그래, 우리는 제기럴, 속았는지도 모른다.

대학 가기 위해서 하는 공부가 무슨 공부이며 취직하기 위해서 하는 공부가 무슨 공부인가. 결과적으로 지식의 무게와 고난의 무게가 반비례하거나 세월의 무게와 근심의 무게가 반비례하지 않는다면 도대체 지금까지 골 싸매고 했던 공부가 무슨 소용이란 말인가.

요즘 어린이들은 학원을 많이 다닌다. 밤 11시쯤 아버지의 차를 타고 귀가할 때 창문을 열고 바깥을 내다보는 표정을 보면 40대 샐러리맨의 표정과 같다. 한마디로 인생 다 포기한 표정이다. 저런 식으로 성장한 어린이의 인생이 과연 행복해질 수 있을까. 어릴 때 기계처럼 자란 인간은 커서도 기계처럼 살 수밖에 없는 법이다.

취업률이 낮다는 이유로 예술대학에 부실대학 딱지를 붙이는 작태는, 태양으로 담뱃불을 붙일 수 없다는 이유로 태양을 무용지물로 간주하는 행위나 다름이 없다. 국격타령 하기 전에 후진국 티나 내지 말았으면 좋겠다. 높으신 분들은 제발 전 세계가 비웃을 정책들 좀 펼치지 말자.

내가 고등학교 다닐 때도 있었던 시험지옥, 아직도 없어지지 않고 살아서 젊은 애들 모가지를 옥죄고 있구나. 개떡 같은 세상.

때로 어떤 부모들은 자녀를 행복하게 만들어주겠다는 명분으로 자녀의 인생을 자기 인생의 부품으로 예속시켜 버린다. 그리하여 자녀의 인생 자체를 아예 말살시켜 버린다. 도대체 그게 무슨 놈의 행복이란 말인가.

한국 초등학생 장래 희망 1위는 공무원, 2위는 연예인, 3위는 운동선수이다. 부모님들께 묻고 싶다. 자부심이 느껴지는가.

제도적 교육을 통해서 가르치는 정답들은 대부분 남들이 인생을 살아가면서 경험과 연구를 거쳐 얻어낸 성과들이다. 엄밀한 의미에서 그것은 당신 소유의 진리가 아니다. 중요한 것은 당신의 경험과 연구를 거쳐 체득 산출한 당신 소유의 진리를 제시하는 일이다.

기왕 하는 빈말이라면

시간 있을 때 밥이나 한번 같이 먹자는 말은 생각할수록 정겨움이 묻어납니다. 그러나 바쁜 도시생활을 하다 보면 빈말로 끝날 때가 많지요. 어차피 빈말을 할 거면 언제 한번 같이 직장이나 때려치우자는 인사는 어떨까요.

우리가 남이가—라는 말이, 아직도 어떤 부류들 사이에서는 혈맹을 확인하는 구호처럼 통용되고 있습니다. 좋은 일을 하면서 그 말을 인용하면 정겹습니다. 하지만 대개 못된 짓을 하면서 그 말을 인용합니다. 역겹습니다. 내가 대답해 줄게, 니들은 남이야.

지나친 자신감이 자만심을 부르고 지나친 자만심이 자멸을 부릅니다. 결국 자기 도끼로 자기 발등을 찍는 거지요. 한순간을 절름거리다 말면 다행이지만 때로는 한 번의 경거망동으로 인생 전체를 절름거리며 사는 수도 있습니다. 그래서 겸손이 곧 미덕입니다.

나태는 무능을 부르고 무능은 빈곤을 부릅니다. 무능과 나태와 빈곤을 모두 겸비한 사람들이 할 수 있는 일이라고는 시기와 불평과 욕설밖에 없습니다. 그들에게는 자신의 모습을 비추어보는 거울이 없습니다. 그래서 한사코 남의 결점만 물고 늘어집니다.

자의에 의해서건 타의에 의해서건, 가족이 나를 적으로 대할 때, 또는 내가 가족의 적이 되어 있음을 자각할 때. 인생이 외롭고 슬퍼집니다.

사람이나 사물은 대체로 같은 성질을 가진 것들끼리 모여 삽니다. 모래는 모래끼리 모여 살고 자갈은 자갈끼리 모여 살고 바위는 바위끼리 모여 삽니다. 때로 억울하다는 생각이 들기는 하지만 세상을 탓하기 전에 자신의 수준부터 탓해야 할지도 모릅니다.

인생을 살다 보면 가끔 만루 홈런으로 경기를 역전시키지는 못할지언정 병살타를 당해서 경기를 종료시켜 버리는 선수를 만날 때가 있지요. 하지만 어쩌겠습니까. 경기 끝나면 포장마차에 가서 술이라도 한잔 나누면서 서로를 보듬어주어야 사람다운 일이겠지요.

사람들은 누구나 행복을 얻기 위해 살아갑니다. 하지만 행복의 주체인 마음은 등한시하고 행복의 걸림돌인 물질에만 천착하는 것 같습니다. 기본적인 의식주만 해결되면 그다음부터는 물질에 대한 욕망을 최대한 줄이는 것이 행복의 지름길이지요.

요일 중에서도 달콤한 꿀물이 흐르는 요일, 불타는 금요일. 물론 지갑까지 두둑하게 받쳐준다면 울트라캡숑에 나이스짱이지요. 하지만 세상은 갈수록 각박해지고 생활은 갈수록 치열해집니다. 그래도 마음만은 재벌이 되어 살아갑시다. 오늘은 기쁜 일만 그대에게.

공부는 남 주려고 하는 것

오락만 끊으면 공부에 열중할 거라고 생각하시는 부모님들의 단순한 판단이 때로는 자녀들에게 오락보다 더 나쁜 해악으로 작용하기도 합니다.

공부 안 하는 아이들을 보면 어른들은 공부해서 남 주느냐고 묻습니다. 물론 틀린 말은 아니지요. 하지만 공부해서 자기 챙기기에 급급하다면 헛공부한 것이나 다름이 없습니다. 공부는 남 주려고 하는 공부가 진짜 공부입니다.

당신의 잘못된 가치관이 당신을 불행하게 만드는 것은 아닐까요. 물질의 풍요가 행복의 척도라는 생각을 버리지 않는 한 당신은 결코 행복할 수가 없습니다.

저는 곱하기, 더하기, 나누기, 빼기만 아는 정도로도 평생을 불편 없이 살았습니다. 심지어는 그것들조차 계산이 틀릴 때가 많았습니다. 하지만 괜찮습니다. 가끔 계산하지 않고 사는 사람이 계산하고 사는 사람보다 편하고 행복할 수도 있다는 생각을 합니다.

모른다는 사실은 죄가 되지 않습니다. 하지만 때로는 자신이 모른다는 사실을 모르고 있다는 사실이 죄를 불러오는 수도 있습니다.

모래알 속에도 사금이 들어 있습니다. 우리가 단지 눈이 어두워 보지 못할 뿐 하찮은 것 속에도 더러는 고귀한 것이 들어 있기 마련이지요.

어떤 분들은 하나님께서 제게 너무 많은 재능을 주셨다고 부러워하십니다. 그러나 하나님께서 제게 주신 재능은 가난과 열등, 두 가지뿐입니다. 저는 그 두 가지를 극복하기 위해 날마다 진저리쳐지는 노력을 거듭했지만, 그분들 눈에는 결과만 보였겠지요.

제 글이나 그림을 보고 하나님이 불공평하다고 말씀하시는 분들이 계십니다. 하지만 재능은, 반드시 하늘에서 물려받는 것은 아닙니다. 물론 타고난 천재들이 있기는 하지만, 예술가들의 재능 뒤에는 대부분 상상조차 할 수 없는 피눈물이 함유되어 있습니다.

한 뼘 길이도 안 되는 칼 한 자루를 가지고도 어떤 사람은 살인을 하고 어떤 사람은 예술을 합니다.

지금까지 살면서 가장 힘들었던 점이 무엇이냐고 어떤 분이 제게 물으셨습니다. 제가 대답했습니다. 저 자신과의 싸움이 가장 힘들었습니다, 라고.

감나무를 키운 사람이 홍시가 열리기를 기대하는 것은 당연지사고, 밤나무를 키운 사람이 밤송이가 열리기를 기대하는 것은 당연지사입니다. 그러나 소나무를 키운 사람이 소고기가 열리기를 기대하는 것은 언어도단입니다.

날개를 움직이지 않고 멀리까지 날아갈 수 있는 새가 어디 있으며 지느러미를 움직이지 않고 멀리까지 헤엄칠 수 있는 물고기가 어디 있겠습니까. 수고하지 않고 얻으려는 자 도둑의 심보와 크게 다르지 않으니, 끼니를 거르고 살더라도 불로소득을 꿈꾸지는 않겠습니다.

당신이 꿈꾸는 것은 무엇인가요

마법의 느티나무가 있습니다. 당신이 소망하기만 하면 어떤 것이든지 열매로 주렁주렁 열리는 특징을 가지고 있습니다. 당신은 무엇이 열리기를 소망하시겠습니까.

어떤 장비도 착용하지 않은 상태로, 물 위를 자연스럽게 걸어 다닐 수 있는 사람이 이 세상에 존재한다면, 세상은 어떻게 달라질까요. 그리고 당신은 어떻게 달라질까요.

당신이 하나님을 만났습니다. 하나님께서, 당신의 소원을 딱 한 가지만 들어줄 터이니 말해 보라고 하십니다. 하나님께 올리고 싶은 당신의 소원은?

李外秀

2012

타인의 약점을 보게 되면 덮어주고 싶은 충동을 느끼는 사람이 있는가 하면 공격하고 싶은 충동을 느끼는 사람이 있습니다. 당신은 어느 쪽인가요.

당신도 대한민국에 태어났다는 사실을 축복으로 생각하시나요 아니면 재앙으로 생각하시나요. 축복으로 생각하신다면 그 대표적인 이유는 무엇이며 재앙으로 생각하신다면 그 대표적인 이유는 무엇인가요.

문학이 희망이다

작가가 되려면 먼저 잠부터 극복하라. 하다못해 좀도둑도 투철한 직업정신 하나로 날밤을 하얗게 새우는데 명색이 작가지망생이라는 작자가 초저녁부터 꾸벅꾸벅 졸고 있다니, 좀도둑 보기가 부끄럽지 않은가.

그대여, 희망이 없다고는 말하지 마라. 아직도 대한민국에는 문학이라는 이름의 희망이 말살되지 않은 채로 그대의 분발을 기다리고 있다. 그러나 그대의 영혼을 바치지 않고 타인의 영혼이 흔들리기를 바라지는 마라. 때로 문학은 천형이다.

일부 작가지망생들은 괜찮은 소재 하나를 붙잡게 되면 처음에는 열정과 의욕이 넘치는 모습을 보인다. 그러나 얼마 못 가서 무력감에 빠져버린다. 예술이 뛰어난 재능의 소산이 아니라 뛰어난 정신의 소산이라는 사실을 모르기 때문에 겪게 되는 현상이다.

배고프던 시절, 저렴한 가격에 맛까지도 기막힌 라면을 발명한 사람에게 경배하고 싶다는 생각을 했었다. 적어도 내가 쓰는 글들이 허기진 영혼으로 세상을 살아가는 독자들에게 라면 한 그릇 정도의 감동이라도 줄 수 있다면 나는 만족하겠다.

그것이 진정한 예술작품이라면 아름다움보다 가치 있는 실용성이 어디 있다는 말인가.

철저하게 미쳐라. 내가 쓰면서 감동받지 못한 부분은 독자들도 읽으면서 감동받지 못한다. 수많은 사람들로부터 미친놈 소리를 들을 때까지 미쳐라.

문학 최대의 적은 맨정신이고 맨정신은 곧 속물근성이다.

남편, 너 이제 죽었다

감성마을 밤하늘에는 현기증이 날 정도로 별이 총총합니다. 바람이 심하게 불면 마당 가득 떨어지기도 합니다. 가끔 주워서 목걸이를 만들어 아내에게 걸어주기도 합니다. 하지만 다이아를 좋아하는 아내의 눈에는 안 보인답니다. 뭐, 어쩔 수가 없지요.

아내가 하늘의 별을 따달라고 하면, 닥쳐, 니가 따, 이 따위 소리를 해서는 안 됩니다. 그래, 지금 사다리를 구해 보고 있는 중이야, 정도의 성의라도 보여야 합니다. 가정이 행복하지 못한 이유는 전적으로 남편에게 있습니다. 물론 아내들의 주장에 의하면.

당장 헤어질 작정이라면 몰라도, 평생 함께 살 작정이라면 아내를 속이지 마십시오. 한 번 들통이 나면 평생의 족쇄가 되나니, 말 한마디를 더듬어도, 아내의 의심은 굴러가는 눈덩이처럼 부풀어 오르고 신뢰는 햇살 받은 눈덩이처럼 줄어듭니다. 나무관세음보살.

붕어의 기억력이 3초라는 이유로 흔히 바보 같은 사람에게 붕어라는 별명을 지어주기도 하지만, 인간은 그 3초짜리를 낚는 재미 하나 때문에 마누라를 주말 과부로 만들거나 심하면 전 재산을 말아먹기도 합니다. 누가 더 바보일까요.

철이엄마—순이엄마는 매일 이 시간이면 외출하시네요.
순이엄마—남편이 식사 때마다 밥투정을 하지 뭐예요.
철이엄마—그래서 요리학원에 요리 배우러 다니시는군요.
순이엄마—아니요. 태권도 도장에 나가 태권도를 열심히 배우고 있어요.

가마솥이 검다고 밥까지 검겠느냐

유난히 예민한 어느 수험생. 개구리 울음소리를 견딜 수 없어 하자, 그의 어머니가 학습환경 조성을 위해 문자 그대로 극약처방을 내렸습니다. 연못에 독약을 풀어 개구리를 몰살시킨 거지요. 한국이 아닙니다. 중국입니다. 하지만 한국 어머니들도 극성 하나는 만만치 않습니다. 자식의 교육을 위해서라면, 개구리가 아니라 호랑이라도 전멸시킬 기개를 간직하고 있지요.

이사 많이 다닌다고 자녀들이 모두 맹자 되는 건 아닙니다. 하지만 우리나라 어머니들은 자녀 성적만 올릴 수 있다면 무슨 짓이든 불사합니다. 아버지를 기러기로 만들어 독방을 지키게 만들기도 하지요. 하지만 지나친 학구열은 때로 가정파탄을 초래합니다.

부러우면 지는 거라는 말이 있지요. 하지만 남들에게 부러움을 사는 존재들은 대개 남다른 열정과 노력을 쏟아붓는 특성을 가지고 있습니다. 그러니까 부러우면 지는 게 아니라 따라 하지 못하면 지는 게 아닐까요.

공부 안 하는 학생에게 부모가 공부해라 공부해라 자꾸만 압박감을 줄 필요는 없습니다. 공부 안 하는 학생도 스스로는 압박감을 느낍니다. 학생 때 공부 못했어도 성장해서 사회적 기여도가 높았던 분들은 많습니다. 장점을 발견, 자주 칭찬세례를 퍼부으세요.

자녀가 게임만 안 하면 성적이 오를 거라는 생각은 남편이 술만 안 마시면 월급이 오를 거라는 생각과 크게 다르지 않습니다. 교육의 전면적 혁신과 가치관의 올바른 수정이 선행되지 않는 한 악순환은 끝나지 않을 것입니다. 새싹은 비료 많이 주면 뿌리째 말라 죽는 수가 있습니다.

내 자식만 귀한 줄 아는 시대입니다. 하지만 미운 자식 떡 하나 더 주고 고운 자식 매 하나 더 준다는 속담 속에는 참으로 깊은 지혜가 담겨 있습니다. 때로는 지나친 부모의 애정이 아이의 장래를 망치기도 합니다.

나이 들면서 낭만이나 감성이 고갈되는 것은 스스로 낭만이나 감성을 팽개치고 물질이나 현실에만 집착하는 속물근성 때문입니다. 속물근성은 대개 책을 멀리하는 사람들이 공통적으로 드러내 보이는 대표 속성입니다. 이런 사람들이 완장까지 차게 되면 대부분 세상을 막장으로 몰아갑니다.

우리보다 훨씬 물질적으로 빈곤한 티베트는 자살률 0을 기록하고 있습니다. 물질적으로는 빈곤하지만, 정신적으로는 풍요롭기 때문이 아닐까요. 이제 우리도 가치관을 바꿀 때가 왔다는 생각을 합니다. 물론 교육이 앞장을 서야겠지요.

가마솥이 검다고 밥까지 검겠느냐는 속담이 있습니다. 무엇이든 겉모습으로 판단해서는 안 된다는 뜻이지요.

육신의 양식인 밥은 먹으면서 정신의 양식인 책은 안 읽는 분들이 많습니다. 밥은 안 먹으면 죽습니다. 그러나 책을 안 읽는다고 죽지는 않습니다. 살기는 삽니다. 다만 영혼이 죽은 채로 살아갈 뿐이지요.

세상에 이런 일이 있다면

거북이가 돌연변이를 일으켜 물속에서는 물고기보다 빠르게 헤엄치고 물 밖에서는 토끼보다 빨리 달릴 수 있게 된다면 세상에는 어떤 변화가 일어날까요.

어느 날 새벽 당신네 동네 닭들이 일제히 삐꾹삐꾹 하는 소리로 새벽을 알리기 시작했습니다. 어떤 기분이 들까요.

구기종목에 쓰이는 세상의 모든 공들이 탄성은 그대로인데 정육면체의 모양을 가지고 있을 때 나타날 수 있는 현상들을 생각나는 대로 열거해 보세요.

어떤 화가가 꽃을 그렸는데 나비가 날아와 앉았습니다. 철수는 그림을 잘 그렸기 때문이라고 말하고 영희는 나비가 미쳤기 때문이라고 말합니다. 그대는 어떤 의견을 가지고 계시는지요.

어느 날 갑자기, 개구리가 까악까악 하고 울거나, 뻐꾸기가 야옹야옹 하고 운다면 도대체 세상은 어떻게 달라질까요.

어떤 경우에도 사람을 죽이면 안 된다는 규칙과 어떤 경우에도 주인의 명령을 어기면 안 된다는 규칙을 프로그램으로 간직하고 있는 로봇에게 주인이 한 사람을 지목해서 죽이라는 명령을 내렸습니다. 당신이 생각하는 로봇의 예상행동은?

초딩 유머

어느 초딩이 말했습니다. 어른들은 다이아몬드를 좋아하지만 저는 다이아몬드에서 다이는 싫고 아몬드만 좋아요. 아몬드는 먹을 수 있으니까요. 초딩들은 참 위대한 발견을 할 때가 많습니다.

대머리 아빠를 둔 초딩이 제게 물었습니다. 소설가 할아버지, 우리 아버지는 왜 머리숱이 없나요. 제가 대답했습니다. 인류평화에 대해 걱정을 많이 하시기 때문이란다. 초딩이 저를 보고 말했습니다. 그럼 할아버지는 왜 머리숱이 글케 많아요.

국어시간에 한 아이가 선생님께 질문을 던졌습니다. 송사리와 꼽사리는 같은 종류의 물고기인가요. 국어선생이 대답했습니다. 수업시간에 빽사리 내는 질문 하지 마라.

삼촌이 손가락 하나를 펴 보이며 조카에게 물었습니다. 이걸 영어로 뭐라고 하지? 조카가 자신 있는 목소리로 대답했습니다. 핀거. 삼촌이 주먹을 쥐어 보이며 다시 물었습니다. 그럼 이건? 역시 조카가 자신 있는 목소리로 대답했습니다. 오무린 거.

그대는 어떤 사랑을 하고 계시나요

음식의 차이는 문화의 차이로 보아야 합니다. 어떤 나라 사람에게는 구토감을 불러일으키는 음식이 어떤 나라에서는 귀한 손님께 대접하는 특별음식이 되기도 합니다. 그 나라의 역사와 전통과 자연을 모르면서 음식을 비난하는 것은 몰지각한 소치입니다.

음식에 정성이 들어가지 않으면 맛이 나지 않습니다. 글도 마찬가지입니다. 정성이 들어가지 않으면 아무런 감동이나 의미를 맛볼 수가 없습니다. 그리고 정성은 잘 만들겠다거나 잘 쓰겠다는 욕심이 아닙니다. 바로 먹는 이와 읽는 이에 대한 사랑입니다.

세상을 살다 보면 서푼어치도 안 되는 밑천으로 남을 깔보거나 비

2012

방하는 사람들을 자주 만나게 됩니다. 대부분 허세가 밑천의 전부입니다. 사랑을 기대할 만한 인물은 아니지요. 완장을 채워주거나 감투를 씌워주면 완전히 이성을 잃어버리기도 합니다.

저는 사람을 대할 때 가급적이면 '한결같이'를 유지하려고 노력합니다. 물론 우호적인 면에서지요. 그러나 상대편은 만날 때마다 '한결 좋게'를 기대합니다. 그러면 '한결같이'를 버려야 합니다. 그래서 저는 '한결같이'를 한결같이 고수합니다.

완벽하게 먹을 치고 나서도 마지막으로 낙관 한 번을 잘못 찍어서 그림 전체를 망치는 경우가 허다합니다. 중요한 일을 수행할 때는 마무리할 때까지 긴장을 늦추지 말아야 합니다. 하지만 평소에는 유연한 의식으로 여가를 즐길 줄도 알아야겠지요.

사랑은 대상에게서 아름다움을 발견하는 일로부터 시작됩니다. 육체적인 사랑은 외형적인 아름다움에서 비롯되고 정신적인 사랑은 내면적인 아름다움에서 비롯됩니다. 육체적인 사랑은 일시적이고 정신적인 사랑은 영속적입니다. 그대는 어떤 사랑을 하고 계시나요.

5

대한민국에서는 방부제도 썩는다

어리석은 군주를 만나면 지구가 아무리 똑바로 돌아가도

역사는 거꾸로 흐르게 됩니다.

어망 속으로 들어가지 않으려면

향기 있는 미끼 아래 반드시 죽는 고기가 있다는 우리 속담이 있습니다. 노력하지 않고 얻어지는 재물이나 영달은 모두 향기 있는 미끼일 가능성이 큽니다. 덥석 물었다가는 어망 속으로 직행할지도 모릅니다. 무엇이 그대의 행복인지 다시 한 번 생각해 보기.

많은 입시생들이 불안을 호소하고 있군요. 이해합니다. 하지만 입시에 자신 있는 사람은 아무도 없습니다. 심지어 전교 1등조차도 일말의 불안감을 가지기 마련입니다. 가장 중요한 것은 남아 있는 기간만이라도 최선을 다하겠다는 마음가짐입니다. 모두들 파이팅!

그대는 우주에서 하나밖에 없는 존재입니다. 하지만 무엇이든 다 할

수 있는 존재는 아닙니다. 그대는 신이 아니라 인간입니다. 그래서 슬퍼하고 괴로워하고 아파하고 분노합니다. 그것이 정상입니다. 이제 우리는 마음공부의 중요성을 깨달을 때가 되었습니다.

익명으로 글을 쓸 때, 얼굴은 보이지 않지만 마음은 보입니다. 얼굴이 못생긴 건 성격으로 얼마든지 가릴 수 있지만, 마음 비뚤어진 건 무엇으로도 가릴 수 없습니다. 마음이 더러운데 인생인들 깨끗하겠습니까. 그래서 공부 중에 가장 큰 공부가 마음공부지요.

뛰면 벼룩이요 날면 파리라는 속담이 있습니다. 무엇을 해도 호감이 안 가는 사람을 표현할 때 쓰는 말입니다. 뛰면 우사인 볼트요 날면 이신바예바가 되지는 못하더라도, 뛰면 벼룩이요 날면 파리는 되지 않도록 마음공부 열심히 하겠습니다.

금메달 드립니다

정치계와 언론계에 몸담고 있는 분들이시여. 말 바꾸기 자주 하지 마십시오. 구멍가게든 백화점이든 신용 떨어지면 재산 말아먹는 건 시간문제입니다. 나라인들 그 이치가 다르겠습니까.

한사코 남의 단점이나 물고 늘어지는 역량 하나로 자신의 존재감을 표출하시는 분들은 사실 대한민국을 위해서 그다지 쓸모 있는 존재가 아닙니다. 하지만 대한민국의 정치판에는 유난히 이런 분들이 많습니다. 드러낼 만한 자신의 장점이 없기 때문은 아니겠지요.

잘못을 저질렀을 때는 자기 식구라도 무조건 감싸는 것은 옳지 않습니다. 잘못을 문책하고 재발방지를 약속하는 것이 모두를 위해 좋은 것입니다. 어떤 고명하신 분께 귀동냥으로 얻어들은 이야기입니다. 전적으로 동의합니다. 특히 정치가들께 드리고 싶은 말입니다.

독재(獨裁)는 사전적으로 일개인 또는 일정한 집단에 권력을 집중시켜서 지배하는 비민주적 정치를 의미합니다. 세종대왕도 알렉산더도 독재였다고 말하는 것은 어설픈 억지입니다. 비민주적 정치는 백성을 어질게 다스리는 선정(善政)과 배치되는 정치입니다.

전 세계를 통틀어 독재를 미화하는 나라가 있다면 그 나라는 아직 미개한 나라에 불과합니다. 독재는 가장 기본적으로 지켜져야 할 인간의 존엄성을 말살시키기 때문입니다. 뿐만 아니라 독재는 모든 부정부패를 양산하고 비호하는 온상이 되기 때문입니다.

타조가 비록 닭보다 빨리 달리기는 하지만 닭이 날지 못한다고 비웃을 처지는 아니지요. 남 씹는 잉여들 중에는 이런 타조 같은 인간들 참 많습니다. 닭이 치킨인 줄은 알아도 새벽을 여는 영물인 줄은 모르는 족속들입니다.

공처럼 둥근 물체가 아니면 보는 각도에 따라 형태가 다를 수밖에 없습니다. 하물며 물체가 아닌 이념이라면 더욱 다를 수밖에 없겠지요. 저도 다양성은 인정하겠습니다. 그러나 곧 다양성이 정당성은 아니라는 견해에는 변함이 없습니다.

언론이 권력의 시녀 노릇하기에 여념이 없으면 불법과 비리만 살판 난듯이 춤을 추게 됩니다.

올림픽이 열리고 있습니다. 온 국민이 선수들의 선전에 감동하고 있는데, 일부 정치가들은 자기 표에 대한 관심밖에 없는 듯이 보입니다. 국민과 따로 노는 일에는 이력이 나 있습니다. 불통도 올림픽이 있다면 단연 금메달감이지요.

제 오랜 경험에 의하면, 추종자들 노는 모습만 보아도 나라 말아먹을 후보는 표가 납니다. 자기네 후보 장점 내세우기는 뒷전이고 상대편 후보 흠집 내기에만 열을 올리는 추종자들. 유유상종(類類相從), 썩은 고기에는 구더기들이 득실거리기 마련입니다.

어리석은 군주를 만나면 지구가 아무리 똑바로 돌아가도 역사는 거꾸로 흐르게 됩니다.

밥은 먹고 다니냐

한때 "밥은 먹고 다니냐"는 말이 유행한 적이 있습니다. 흔히 제 앞가림도 못하는 처지에 타인에 대한 비방이나 일삼는 찌질이들에게 던지는 질문이지요. 대답은 뻔합니다. 밥값도 못하는 위인들한테는 밥도 멀리 도망치기 마련이니까요.

우리 속담에 세 사람만 우겨대면 없는 호랑이도 만들 수 있다는 말이 있습니다. 아닌 거 뻔히 알면서도 악착같이 우겨대는 사람들을 보면 어떤 생각이 드시나요. 양심 하나 팽개치면 사람이 짐승보다 못할 때도 있습니다. 학벌도 벼슬도 껍데기에 불과하지요.

집 나가면 개고생이라는 말을 했더니 어떤 애견가께서 개를 너무

비하하지 말라고 하십니다. 하지만 여기서의 개는 결코 집 지키는 개가 아니라 부정적 의미로 쓰이는 접두사입니다. 개망신, 개살구, 개꿈, 개나발, 개수작, 개죽음, 개작살 등.

아무리 웃기는 이야기를 해도 웃을 줄 모르는 분들이 계시지요. 불안하고 각박하면 어쩔 수가 없습니다. 입시학원에서 국어를 가르칠 때 수강생들이 거의 다 웃기는 이야기를 해주어도 모두 좀비들과 흡사한 무표정. 지금 생각해도 참 서늘합니다.

가을도 아닌데 벽 속에서 귀뚜라미가 웁니다. 날씨가 너무 더워 저

놈도 실성을 한 게 아닐까요. 자연도 사람도 옛날 같지는 않습니다. 하지만 어쩌겠습니까. 가급적이면 열받지 않도록 노력하면서 저 하나만이라도 세상 똑바로 살도록 노력해야겠지요.

더우면 덥다고 투덜거리고 추우면 춥다고 투덜거리는 사람을 탓하지는 맙시다. 투덜거리기라도 해야 스트레스를 조금이라도 덜어낼 수가 있습니다. 적절한 맞장구는 돈 안 드는 자선입니다. 물장구는 못 치더라도 맞장구는 쳐가면서 삽시다.

의혹이 곧 사실은 아니다

저는 개를 좋아하기는 하지만 개밥을 주거나 똥오줌을 처리하는 일은 별로 좋아하지 않습니다. 그래서 울 싸모님은 시장에서 제가 팔려나온 강아지들에게 눈길을 주면 키우지 못할 개는 쳐다보지도 말라고 눈을 흘기면서 소매를 잡아챕니다. 개꼴 된 기분입니다.

제가 울 싸모님 때문에 화가 머리끝까지 치밀어 올라서 눈을 부라리며 주먹을 치켜 올려도 울 싸모님은 눈도 깜짝하지 않습니다. 어디 쳐봐라, 니 마누라 아프지 내 마누라 아프겠냐. 으름장을 놓으면서 얼굴을 제게로 마구 들이밉니다. 결국 저는 웃고 맙니다.

대부분의 기계는 쇳덩어리입니다. 하지만 인도 출신의 과학자 찬드라 보스에 의하면 쇳덩어리도 기억과 감각을 가지고 있습니다. 가급적이면 다정다감하게 대해 주세요. 그러면 말썽을 잘 일으키지 않습니다. 하물며 사람이야 오죽하겠습니까.

매우 특별한 경우가 아니라면 '땅을 쳐다본다'는 표현은 이치에 맞지 않은 표현입니다. 왜냐하면, 일반적으로 '땅을 쳐다보는' 경우보다 '땅을 내려다보는' 경우가 더 많기 때문입니다.

어떤 일을 도모할 때, 실패하면 남을 어떻게 대할까를 걱정하는 사람은 나이 들어갈수록 궁핍과 거리가 가까워지고, 성공하면 남을 어떻게 도울까를 궁리하는 사람은 나이 들어갈수록 풍요와 거리가 가까워집니다. 그대의 긍정적 사고가 그대의 행복을 초대합니다.

의혹이 곧 사실은 아닙니다. 어떤 선동에 의해서 사실이라고 굳게 믿었던 의혹이 나중에 오해나 모함으로 밝혀지는 경우도 적지 않습니다. 때로 성급한 단정이 남에게 치유불능의 상처를 입힐 수도 있습니다. 오리너구리는 오리도 아니고 너구리도 아닙니다.

핸드폰은 배터리가 고갈되면 다시 충전해서 쓸 수 있는데 인간은 배터리가 고갈되면 다시 충전해서 쓸 수가 없습니다. 이승에서는 한 번 쓰고 버려져야 합니다. 저는 연식이 좀 오래된 인간입니다. 하지만 세상을 아름답게 만드는 용도로 쓰여지기를 소망합니다.

아닌 거 뻔히 알면서도

민주주의 국가에서는 어떤 계층도 국민 위에 군림할 수 없습니다. 그러나 대한민국 역사를 통틀어, 국민의 국민에 의한 국민을 위한 정치를 하려고 노력했던 집권자가 과연 몇 명이나 될까요. 임기 말년까지 부정부패로 찌들어가는 정부가 우리를 슬프게 합니다.

명절에 온 가족이 모이게 되면 가급적이면 정치를 화제로 삼지 않는 편이 좋습니다. 자칫 잘못하면 부자지간, 형제지간에도 의리를 끊는 결과를 초래하게 됩니다. 살 좀 빼라, 시집 언제 갈 거냐, 아직 백수냐, 이외수 좋아하지 마라. 모두 명절 금지어입니다.

불의를 보고도 못 본 척하는 자신의 비굴을 부끄럽게 생각지 않는 사람은 정의를 논할 자격이 없습니다. 불의에 대한 침묵은 불의에 대한 동조에 가깝습니다. 반성치 않는 불의에 용서나 자비를 남용하는 것은 불의를 부채질하는 소치나 다름이 없습니다.

사촌이 논을 살 때 배앓이를 한 사람은 자기가 논을 살 때 사촌도 배앓이를 해주기를 바랍니다. 절대로 사촌을 위해 진통제를 준비하지는 않습니다. 물질의 풍요가 행복을 가져다 준다고 생각하는 사람에게는 촌수야말로 '불편한 진실'에 불과할 뿐이지요.

사촌이 논을 사면 배 아파하는 심보가 자기를 평생 논 없이 살게 만듭니다. 마음을 어찌 쓰느냐에 따라 인생도 접히거나 펴지는 법, 세상 꼴불견 중에서도 제 인생 제가 말아먹고 남 손가락질하는 놈이 킹왕짱 울트라캡숑 꼴불견입니다.

재래식 똥통에 구더기 들끓는 거야 하나도 이상할 게 없습니다. 재래식 똥통은 구시대적 정치작태를 의미합니다. 구더기는 알아서 해석하시기를.

아직 자신의 모습도 제대로 보지 못하면서 알지도 못하는 남의 모습이나 흉보고 있습니까. 그러니 평생을 열심히 걷고 있어도 제자리 걸음입니다.

상대 후보의 단점보다는 자신의 장점으로 승부를 걸고 상대 후보의 지나간 과오보다는 자신의 현재 성과를 내세우는 인품을 보여줄 수 없다면 출마하실 자격조차 없는 수준 아니겠습니까. 끝없는 탐욕을 끝없는 애국으로 위장하는 것도 일종의 범죄입니다.

정치적 위기가 찾아올 때마다 마음을 비우겠다고 말씀하시는 고위층들이 계시지요. 물론 그때마다 믿어주시는 분들도 많습니다. 하지만 금고를 못 비우시는 분들은 마음도 못 비우신다는 사실을 부디 명심하시기를.

가을 전어맛 때문에

도둑놈 제 발 저린다는 속담이 있다. 옛날에는 도둑놈조차도 일말의 양심이 있었던 것이다. 하지만 오늘날의 도둑놈들에게는 해당되지 않는 속담이다. 오늘날의 도둑놈들은 물건은 자기가 훔치고 발은 주인이 저리게 만드는 경지에 도달해 있다.

속담을 보면 우리 민족이 얼마나 문학적인가를 알 수가 있다. 산 입에 거미줄 치랴. 푸헐헐. 음미하고 또 음미해 보라. 얼마나 절묘한가. 아무 민족이나 구사할 수 있는 수준이 아니다.

메기는 눈이 작아도 제 먹을 것은 알아본다는 속담이 있다. 그런데 어떤 넘들은 제 먹을 것이 아닌데도 덥썩덥썩 집어삼키기를 좋아한다.

처먹은 걸 다 아는데 탈도 안 난다. 물귀신들이 토막을 쳐서 매운탕을 끓여 먹어도 근성을 못 고칠 족속들.

가을 전어맛 때문에 집 나간 며느리가 돌아온다니, 도대체 그년의 서방은 생선만도 못하단 말이냐.

아는 것이 힘이라는 속담이 있는가 하면, 모르는 게 약이라는 속담도 있다. 어느 한쪽도 틀린 말은 아니지만 어느 한쪽도 영원불변하는 진리는 아니다. 한세상 살다 보면 이럴 때도 있고 저럴 때도 있으니 상황에 따라 적절하게 써먹으라는 조상들의 배려.

담 너머로 지나가는 뿔만 보아도 양인지 소인지를 알 수 있다는 속담이 있다. 바닷물을 다 퍼마셔야 짠 줄 아느냐는 속담도 있다. 딱 보고 알아야지 꼭 손가락으로 찍어 먹어봐야 똥인지 된장인지 안다면 그대는 멍청이.

실력 있는 목수는 연장을 나무라지 않는다. 하지만 실력 있는 목수도 싸가지 없는 인간들의 집을 지어주면서 즐거움을 느끼지는 않는다.

그대 마음 비뚤어져 있을 때는

어떤 사람의 꿈은 이루어지면 안 될 경우도 있습니다. 바로 자기만 잘되기를 바라는 꿈입니다. 그런 꿈이야말로 자기에게만 길몽이고 남들에게는 악몽입니다.

일부 수꼴들은 자기들만 나라 걱정 하는 줄 알고, 자기들만 국민 자격 있는 줄 압니다. 정치적 성향이 다른 사람에게는 일단 종북좌빨이라는 회칼부터 꺼내듭니다. 하지만 몇십 년을 갈아본 적이 없는 회칼입니다. 시뻘건 녹이 슬었지요. 그들에게 다른 레퍼토리는 없습니다.

대부분의 매국 보수들이 애국 보수를 자처하면서 살아갑니다. 종북좌빨이라는 단어만 자주 사용하면 애국자 취급을 받는 줄 압니다. 붕

딱 갑이라는 말이 너무도 잘 어울리는 족속들입니다. 무궁화 삼천리 화려강산, 친일파는 일본으로 길이 보전하세.

제가 비열한 넘들을 욕하면 반드시 발끈하시는 분들이 있습니다. 본인이 비열한 분이시거나 비열한 분과 친하신 분일 가능성이 높습니다. 아니면 인류애가 넘치시는 분이겠지요. 하지만 그분의 인류애에 저는 포함되어 있지 않다는 얘긴데, 그럼 저는 뭥미.

그대 마음 비뚤어져 있을 때는 온 세상이 비뚤어져 보이기 마련입니다. 다른 사람 비뚤어진 모습을 탓하기 전에 내 마음은 곧은가부터 살피고 볼 일입니다.

남을 의심하기 전에 자신의 판단을 의심, 재고해 보지 않는 사람은 생사람을 잡을 가능성이 높습니다. 게다가 생사람을 잡고도 반성을 하지 않을 가능성 또한 높지요. 이런 사람들은 대개 죄의식이 희박해서 잘못이 드러나도 절대로 수긍하지 않습니다.

아는 척 많이 하는 사람치고 깊이 아는 사람 별로 없지요.

경험이 모두 지혜가 되지는 않습니다. 잘못에 대한 반성과 개선에 대한 의지가 지혜를 숙성시킵니다. 자기점검이 없는 경험은 두뇌 속에 그저 단순한 기억으로 축적될 뿐이지요.

저는 심오한 사상이나 철학을 떠나서, 진보든 보수든 도덕과 상식을 벗어나면 지탄을 받아야 마땅하다고 생각하는 사람 중의 하나일 뿐입니다.

어떤 까마귀는 백로만 보면 저놈은 털빛이 칙칙해서 보기만 해도 재수가 없는 새라고 배척합니다. 그런데 이 빌어먹을 시대는 어찌된 셈인지 까마귀의 모함이 설득력을 가집니다. 게다가 까마귀를 흰새라고 굳게 믿는 무뇌조(無腦鳥)들이 의외로 많습니다. 제가 색맹인 걸까요.

정치가들은 선거 때만 되면 마음을 비운다는 말이나 초심으로 돌아간다는 말을 비상카드처럼 꺼내 듭니다. 마치 산속에서 도라도 닦다가 나온 사람들 같습니다. 하지만 제가 누차 겪어봐서 잘 압니다. 그분들은 불리하면, 지랄 같지만 상습적으로 기억상실증에 걸립니다.

그래, 누구나 정의로워야 한다는 사실은 알고 있어, 다만 실천할 수 있는 양심과 용기가 부족할 뿐이지, 라고 말하면, '발끈'을 드러내는 사람과 '뜨끔'을 드러내는 사람이 있습니다. '뜨끔'이 한결 인간적입니다.

미운 풀이 죽으면 고운 풀도 죽는다는 말이 있습니다. 쓸모없는 것이 쓸모 있는 것을 존재케 하는지도 모릅니다. 그러니 아무리 미운 사람도 아예 죽기를 바랄 정도로 미워하지는 맙시다.

차카게 살자

기타 메고 다닌다고 다 기타리스트 아닙니다. 학벌 좋다고 인간성까지 좋은 거 아닙니다. 금배지 달았다고 다 나으리 아닙니다. 심안(心眼)을 뜨지 않으면 겉만 보고 속을 수밖에 없지요. 그건 어쩌면 남에게 속는 것이 아니라 자신에게 속는 것일지도 모릅니다.

강철왕 카네기는 비록 학벌은 좋지 않았지만 독서로 많은 덕을 보았다 하여 무려 2,600개의 도서관을 지었다고 합니다. 대한민국에는 이런 재벌 없을까요. 돈 쓰고 욕 얻어먹는 재벌은 많아도 돈 쓰고 존경받는 재벌은 드문 대한민국.

그를 욕하지 마라, 그는 단지 인생이라는 무대에서 악역을 담당하려고 태어난 배우일 뿐이다, 따위의 면죄부를 악인에게 주는 것은 절대로 박애주의가 아닙니다. 진정한 박애주의는 그런 놈들의 최후가 얼마나 비참한가를 확연히 깨닫도록 만들어주는 것입니다.

사람의 가치를 잴 수 있는 계측기는 아직 발명되지 않았습니다. 그런데도 서푼어치도 못 되는 안목으로 빽하면 남을 재단하고 비난을 일삼는 부류들이 있습니다. 자기들이 저급하고 무가치한 인간이라는 사실을 널리 알려서 어떤 이득을 얻어내겠다는 뜻일까요.

사람이 악을 벌하지 못하면 하늘이라도 반드시 악을 벌하고야 만다는 것이 제 오랜 신념입니다. 팔뚝에 '차카게 살자'라고 문신을 새기고 정말로 착하게 사는 사람들에게 부디 축복이 있을진저.

남을 괴롭히는 재미로 사는 놈들에게 '똥 같은 놈'이라는 표현은 적절치 않습니다. 똥은 자연 친화적이면서도 인간 친화적인 존재여서 차라리 거룩합니다. 나쁜 놈들은 '예수님도 쪼인트를 까고 싶은 놈' 정도의 표현이 적절합니다. 그런데 예수님한테 쪼인트를 까이면 어떤 기분이 들까요.

잣나무는 가을이 되어도 단풍이 들지 않는다

만약 명절 특사로 강간범과 방화범 중 한 명을 석방시켜야 한다면 당신은 어느 쪽을 석방시키겠습니까.

당신이 지구에서 딱 한 가지를 소멸시켜 버릴 수 있는 능력을 가지고 있다면 당신은 무엇을 소멸시켜 버리고 싶으신지요.

당신에게 세상을 바꿀 수 있는 능력이 딱 한 가지만 부여된다면 당신은 세상의 무엇을 바꾸고 싶으신가요.

현존하는 인간 중에서 당신이 지구 밖으로 딱 한 사람만 추방할 수 있다면 누구를 추방하고 싶으신지요. 그리고 그 이유는?

인류의 역사 속에서 당신이 딱 한 사람을 살려낼 수만 있다면 누구를 살려내고 싶으신지요. 그리고 그 이유는?

세속적인 잣대와 안목을 버리지 못하는 사람들은 흔히 진짜에게는 경계심을 보내고 가짜에게는 신뢰감을 보내는 오류를 범합니다. 당신이 만약 진짜라면 이런 경우 어떤 태도를 보이시겠습니까.

만약 이 세상 어딘가에 물렁물렁한 돌 하나가 있다면 이 돌은 인간으로부터 희극적 존재로 분류될까요, 아니면 비극적 존재로 분류될까요.

가을이 되면 모든 나뭇잎에 단풍이 들어야 한다고 우기는 사람들이 있습니다. 잣나무는 가을이 되어도 단풍이 들지 않기 때문에 나무가 아니라는 논리를 펼치기도 합니다. 물론 자기는 단풍이 드는 나무라는 믿음을 가지고 있습니다. 만약 당신이 잣나무라면 어떤 기분이 들까요.

억지 쓰지 맙시다

이어도는 중국이 지들 거라고 억지를 쓰고, 독도는 일본이 지들 거라고 억지를 씁니다. 섬은 국제법상 찜만 하면 그 나라로 자동귀속되는 특성을 가지고 있나 보군요. 몰랐습니다. 그럼, 오늘부터 일본하고 대마도는 대한민국 영토로 귀속시키겠습니다. 감사합니다람쥐.

글에 담긴 메시지나 행간에 담긴 상징적 의미, 함축성 따위는 등한시하고 말꼬리나 잡고 늘어지는 마구간 출신 논객들이 적지 않습니다. 이들의 논조는 언제나 조소에 가깝습니다. 게다가 조소에 어설픈 애국심까지 처발라져 있으면 주접이 솜털까지 오그라들게 만들지요.

강자가 약자를 괴롭히면서 쾌감을 얻는 행위를 영웅심리 때문이라고 판단하는 분들이 계시지요. 하지만 그건 영웅심리가 아니라 졸개 심리입니다. 약자를 괴롭히는 영웅은 없습니다. 진정한 영웅은 약자를 구하는 일에 자신의 힘을 씁니다.

자기와 다른 종교적 견해를 가지고 있으면 무조건 마귀로 간주해 버리는 사람들이 있습니다. 아직 영혼이 부화되지 못한 사람들입니다. 이런 사람들일수록 자신의 믿음을 의심해 본 적이 없어서 마귀보다 더한 잘못을 저지르고도 제기럴, 절대로 속죄하지 않습니다.

작가는 글만 써야지 정치에 관심을 기울이면 안 된다는 논조로 이야기하는 분들이 계십니다. 졸라 거룩하신 말씀이네요. 수영선수 박태환은 땅을 밟으면 안 되고 피겨여왕 김연아는 부츠를 신으면 안 되겠군요. 죄송합니다. 잠시 코로 웃어드릴게요.

어떤 영험한 점쟁이의 예언이라 하더라도 적중될 확률은 50 대 50입니다. 당신과 같은 확률입니다.

안티들이여, 저를 증오하지 마십시오. 저는 삼천갑자 동방삭이가 아닙니다. 가만히 내버려두어도 언젠가는 죽을 놈입니다. 물론 언제 죽을 것인가는 하나님의 소관, 그대들은 제 목숨의 길이에 관여치 마십시오. 동해물과 백두산이 마르고 닳도록 니들도 마찬가지.

2018

온고이지신(溫故而知新)

야외에서 가마솥 걸어놓고 돼지고기에 시래기국 끓여 먹던 맛과 운치를, 어찌 휴대용 가스버너와 코펠 따위로 따라갈 수 있겠습니까. 오늘날에 이르러 편리함은 얻었으되 정겨움을 잃었으니, 세상이 마냥 좋아졌다고는 할 수 없습니다.

서양은 철학이든 예술이든 옛 사조의 반동에 의해 새 사조가 탄생합니다. 하지만 동양은 온고이지신에 의해서 새 사조가 태어납니다. 별다른 숙고 없이 서양의 풍조를 무분별하게 받아들여 미풍양속까지를 사라져버리게 만드는 것은 너무도 안타까운 일입니다.

중국은 양(陽)을 중시하고 한국은 음(陰)을 중시합니다. 한국이 음을 중시하는 것은 모든 생명이 음에서 잉태되기 때문입니다. 이 현상은 언어에서도 뚜렷이 나타납니다. 중국은 남녀, 주야 등으로 양을 먼저 내세웁니다. 그러나 한국은 밤낮, 년놈 등으로 음을 먼저 내세웁니다.

대추는 제사상 중에서도 제일 앞줄에 올리는 과일입니다. 선조들은 대추를 일컬어 헛꽃이 없는 과일이라고 했지요. 꽃 한 송이에 어김없이 열매가 하나씩 달리기 때문이지요. 그래서 자손이 번창하라는 의미로 제사상 제일 앞줄에 올리게 되었다고 합니다.

옛사람들은 된장을 담글 때나 술을 담글 때 성격 더러운 놈들의 접근을 꺼리고 각별히 언행을 조심했습니다. 장맛이나 술맛을 잡치기 때문이라는 이유에서였습니다. 과학일까요 미신일까요. 저는 과학이다에 한 표.

우리나라 전통 음식들은 대개 만드는 과정들이 감동을 줍니다. 음식에 마음을 담아야 한다는 철학. 정말 멋지다는 생각이 듭니다.

6

도덕에 어찌 옛것과 새것이 있으랴

사랑에 조건이 붙는 순간, 그것은 사랑이 아니라 거래다.

물 한 그릇의 비밀

조상들은 빈 밥상 위에 냉수 한 사발 달랑 올려놓고도 천지신명께 간절히 빌기만 하면 소원을 들어주신다고 믿었습니다. 그런데 요즘은 전 재산을 갖다 바쳐도 가정파탄이나 안겨주는 신들이 참 많아졌습니다. 조심하세요. 무능한 신일수록 돈 욕심이 많습니다.

진정한 종교는 사랑을 가르칩니다. 그러나 실천할 수 없는 사랑은 때로 방관보다 못할 수도 있습니다. 어떤 종교는 사랑을 실천한답시고 전쟁을 불사하기도 합니다. 나의 희생은 꺼리면서 타인의 희생을 강요하는 종교는 지구상에 존재할 이유가 없습니다.

느티나무는 그 많은 새와 벌레들을 품어주면서도 생색 한번 내는 법이 없습니다. 사람은 한여름 그 서늘한 그늘 밑에서 장기를 두거나 화투를 치면서도 일수불퇴 낙장불입, 서로 잘났다 싸움질입니다. 지랄지랄지랄 조롱을 하던 매미 한 마리 오줌을 내갈기고 먼 하늘로 날아갑니다.

강은 끊임없이 흐르고 있어서 불만이고, 산은 끊임없이 정지해 있어서 불만인 분들이 있습니다. 그런 분들께 드릴 수 있는 호의는 침묵밖에 없습니다. 하지만 침묵하면 왜 자기를 무시하느냐고 시비를 겁니다. 진정 고독해지고 싶다면 흉내를 내셔도 무방합니다.

개가 사람 같으면 영특하다고 칭찬을 받지만 사람이 개 같으면 저질이라고 비난을 받습니다. 같은 하늘 밑에서 살아도 하는 짓은 엄연히 달라야지요.

무슨 일이 있을 때마다 속담을 만드신 선조들의 지혜에 탄복합니다. 자[尺]에도 모자랄 때가 있고 치[寸]에도 넉넉할 때가 있다. 미터법으로 고치면 킬로미터(km)도 모자랄 때가 있고 밀리미터(mm)도 넉넉할 때가 있다는 뜻이지요. 사람이 치수대로 살면 대저 무슨 재미가 있겠습니까.

막장 드라마, 채널을 못 바꾸는 이유

마시멜로가 들어가 있어야 할 자리에 비지장이 들어가 있는 초코파이처럼 맛대가리가 없는 월요일. 그래도 날씨는 많이 풀렸습니다. 봄이 머지않았다는 예감으로 큰 위안을 삼습니다. 성춘향에게 연애편지라도 쓰고 싶은 날씨입니다.

여자들은 자주 사랑을 확인하고 싶어 합니다. 하지만 남자들은 표현에 인색하지요. 사실 남자들로서는 사랑을 표현하기가 그리 쉽지는 않습니다. 온몸의 솜털이 간질거리는 일이지요. 그래도 상대편이 행복하다면 그까짓 솜털 따위 다 뽑힌들 무슨 상관이겠습니까.

감성마을 주변에 있는 물은 온도가 너무 낮아서 모기가 알을 낳아도 부화가 안 됩니다. 그래서 평화로운 여름을 보낼 수 있었습니다. 그런데 울 싸모님, 항아리에 수련을 심었습니다. 그래서 모기가 생겼습니다. 수련 한 송이도 공짜로는 못 본다는 뜻이지요.

세상을 다 버린다 해도 너를 버릴 수는 없어. 막장 드라마에나 등장할 법한 대사이지요. 하지만 내가 말하는 쪽이라면 닭살이 돋아도, 내가 듣는 쪽이라면 새살이 돋을 것 같은 대사입니다. 그래서 특히 아줌마들이 채널을 못 바꾸는지도 모릅니다.

아니, 진심으로 사랑을 하는데 유치하지 않을 수도 있습니까.

셋방살이를 하던 시절. 지인들과 밤새도록 술에 절어 문학과 인생을 논하곤 했습니다. 뻑하면 주인으로부터 방 빼라는 소리를 들었지요. 가족들한테 미안해서 하루에 2시간만 자고 글을 써서 이층집 한 채를 사버렸습니다. 글쟁이도 이층집 살 수 있습니다.

아무리 높은 산도 제 인생을 가로막은 적이 없고 아무리 깊은 바다도 제 인생을 가로막은 적이 없는데 저는 그것들을 넘지도 못했고 건너지도 못했습니다. 어릴 때부터 지금까지 초월은 배운 적이 없습니다. 어디 초월 가르치는 학원 없나요.

인생을 살아오는 동안 여러 번 생선뼈가 목구멍에 걸린 기억을 가지고 있습니다. 그런데 어떤 방식으로 해결했는지는 기억이 확실치 않습니다. 아무튼 지금은 목구멍이 조금도 불편하지 않습니다. 세상의 모든 근심도 결국 언젠가는 사라질 생선뼈가 아닐까요.

타인을 비방할 건더기를 발견하고 기쁨을 느끼는 사람이 되지 말고 타인을 칭찬할 건더기를 발견하고 기쁨을 느끼는 사람이 되십시오. 수많은 장애물이 저절로 사라져버릴 것입니다.

이 세상에 꽃이 한 송이씩 피어날 때마다 사람들의 가슴에서 슬픔도 한 가지씩 사라져주기를 소망하는 마음으로 감성마을에 화초를 한 포기씩 심겠습니다.

온실형과 잡초형

학생들이 받아든 시험문제의 정답은 과연 만고불변의 진리일까요. 세월이 흐르면 달라질 수도 있는 정답, 그것을 암기하고 산출하기 위해 고문 같은 불안과 초조 속에서 보낸 청소년기는 도대체 무슨 의미가 있을까요. 고작 취업 때문이라면 정말로 화가 납니다.

어느 교육감님의 말씀에 의하면 학생 때 풀어야 하는 문제가 대략 100만 개 정도랍니다. 대부분의 대한민국 청소년들이 거쳐야 하는 학교. 가장 아름다운 기억으로 남아 있어야 할 학교가 지옥이 되고 감옥이 되는 시대는 도대체 언제쯤 종식될까요.

비록 물질적으로는 빈곤하다 하여도 정신적으로는 풍족하다면 그것은 절대로 불행이 아닙니다. 그러나 물질적으로는 풍족한데 정신적으로는 빈곤하다면 그것은 불행입니다. 단지 그대의 가치관을 수정하는 것 하나만으로도 불행을 행복으로 바꿀 수 있습니다.

그대가 성실하다고 성실하지 못한 자를 욕할 자격은 없습니다. 하지만 성실하게 일했는데도 약속된 보수를 받지 못했는데 당연하다고 말한다면, 귀싸대기 한 방과 쪼인트를 첨가하셔도 상관이 없습니다는 개뿔. 우리나라는 돈 없고 빽 없으면 무조건 개털입니다. 엉엉.

인생에도 온실형과 잡초형이 있습니다. 저는 어릴 때부터 밑바닥 인생을 살아왔기 때문에 온실형보다는 잡초형에 가깝습니다. 물론 빛깔도 향기도 잡초형이 강하지요. 벌나비가 많이 날아오는 것은 당연지사. 플라스틱 가화(假花)와는 비교치 마시기를.

지금이 전부는 아닙니다. 우리에게는 언제나 미래가 있습니다. 오늘을 어제와 똑같이 살지만 않는다면, 내일은 달라질 수밖에 없겠지요. 그대의 내일이 아름답기를 빕니다. 그대의 내일이 행복하기를 빕니다.

사랑에 조건이 붙는 순간

시장에 가서 하드를 처음 사 먹어본 시골 총각 갑돌이. 갑순이 준답시고 헝겊에 잘 싸가지고 가서 갑순이를 불러낸 다음 으시대며 헝겊을 펴보니 하드는 간 곳 없고 작대기 하나만 달랑 남아 있다. 그래, 사랑은 더러 점수를 따려다 따귀를 맞기도 하는 것이다.

그녀가 맛대가리 없어서 한 젓가락만 먹고 남긴 짬뽕, 중국집 종업원들이 그녀에게 눈총 보낼지도 모른다는 생각에서 그대가 모조리 먹어주었더니 그녀가 "자기 돼지야?"라고 핀잔을 준다. 이때 기꺼이 돼지가 되어 고개를 끄덕거려주는 것이 사랑이다.

마누라는 가끔 말한다. 당신을 의자왕 따위에 비교할 수는 없지. 당신 정도의 남자라면 여자가 최소 3천4명쯤은 있어야 해요. 그러나 나는 안다. 만약 그 말을 액면 그대로 받아들이고 한 명에게라도 한눈을 팔면 그날로 나는 뒈진다.

내가 가는 곳에는 언제나 아내가 있고 아내가 가는 곳에는 언제나 내가 있다. 젊었을 때 따로 놀았던 적이 많아서 나이 들어서는 같이 놀기로 했다. 문제는 아내가 쇼핑을 할 때와 머리를 할 때다. 최소한 2시간 이상 나는 존재 자체가 상실된다.

내게 만약 딸이 있었다면, 금고를 못 가진 남자에게는 시집을 가더라도, 서재를 못 가진 남자에게는 시집을 가지 말라고 조언했을 것이다.

사랑에 조건이 붙는 순간, 그것은 사랑이 아니라 거래다.

인생 중에서도 가장 비참한 인생은 밥을 굶는 인생과 사랑을 굶는 인생이다.

한 가지를 잘하기도 벅찬 세상

젊은 부모들은 대부분 자기 아이가 4살 이전에는 천재인 줄 압니다. 뿐만 아니라 또래의 다른 아이들도 천재라는 사실은 절대로 인정하고 싶어 하지 않습니다. 그래서 자기 아이가 자신밖에 모르는 바보로 성장하고 있다는 사실을 자각하지 못합니다.

가슴은 삭막하고 세상은 척박하고 인심은 각박한데 학교폭력이 줄어들 리가 없지요. 무슨 일이 생기면 언제나 응급처치에 급급할 뿐, 원인치료는 뒷전인 대한민국. 교육의 일대혁신이 필요한 시점에 봉착해 있습니다. 무엇이 진정한 행복인지 가르칠 때가 왔습니다.

아이들 교육 때문에 도시에서 살아야 한다고 생각하시는 분들이 계십니다. 과연 그럴까요. 저는 아이들 교육 때문에 시골에서 살아야 한다고 생각하는 사람입니다. 어떤 환경, 어떤 인간과 견주어도 자연을 능가할 학교, 자연을 능가할 스승이 없기 때문입니다.

맹자 어머니들께 말씀드립니다. 진실로 자녀들이 훌륭한 인격체가 되기를 소망하신다면 강남 같은 부촌으로 이사를 가지 마시고 화천 같은 깡촌으로 이사를 오십시오. 천지를 통틀어 자연만큼 완벽한 학교와 스승이 어디 있겠습니까. 물론 들은 척도 안 하시겠지만.

감성이 메마른 토양에서는 효도의 나무도 자라지 않고 애국의 숲도 번성하지 않습니다. 그대의 자녀들은 인조인간 로보트 마징가제트가 아닙니다.

청소년들에게는 문제집 50페이지를 풀게 하는 일보다 꽃 모종 5포기를 가꾸어보게 하는 일이 훨씬 인격형성에 도움을 줍니다. 애들이 척박 살벌해졌다고 엄살 떨지 맙시다. 이미 오래전에 예상하고 있었던 결과 아닙니까.

무슨 수를 써서라도 게임을 못 하게 만들면 자녀들이 공부를 열심히 할 거라고 생각하시는 분들. 무섭게 증폭되는 자녀들의 스트레스는 안중에도 없으시겠지요. 자녀들의 성적이 반드시 자녀들의 행복을 보장하지는 않습니다. 자녀들과 많은 대화를 나누어보시기를.

머리 좋으면 뭐하나요 마음까지 좋아야지요. 좋은 머리 가지고 좋은 대학 졸업해서 좋은 자리 차지하고 좋은 세상 만들 생각은 하지 않고 사리사욕에 눈이 어두워 세상 망치는 일에 일조하는 사람들도 적지 않지요.

아이들에게 올바른 가치관을 심어주지 않으면, 아이의 장래를 망칠 뿐만 아니라 나라의 장래까지를 망치게 된다는 사실을, 지금 이 시대의 어른들 대부분이, 대수롭지 않게 생각하는 성향이 있습니다.

한 가지를 잘하기도 벅찬 세상, 자녀가 많은 것을 잘하기를 바라는 부모로 군림하지는 맙시다. 얼마나 척박한 시대인지를 직시합시다. 비록 잘하는 것은 없어도 말썽을 안 부리는 것만으로도 만족합시다. 그런데, 쓰고 나니 왠지 울적해집니다.

성적이 중시되는 교육이 아니라 인성이 중시되는 교육이 필요합니다. 이성이 중시되는 교육이 아니라 감성이 중시되는 교육이 시급합니다. 머리 좋은 사람이 우수한 재목으로 평가받는 시대보다 마음 좋은 사람이 우수한 재목으로 평가받는 시대가 와야 합니다.

진정으로 자녀가 행복하기를 바란다면, 성적 좋은 자녀가 되기를 바라는 부모가 되지 말고 성격 좋은 자녀가 되기를 바라는 부모가 됩시다.

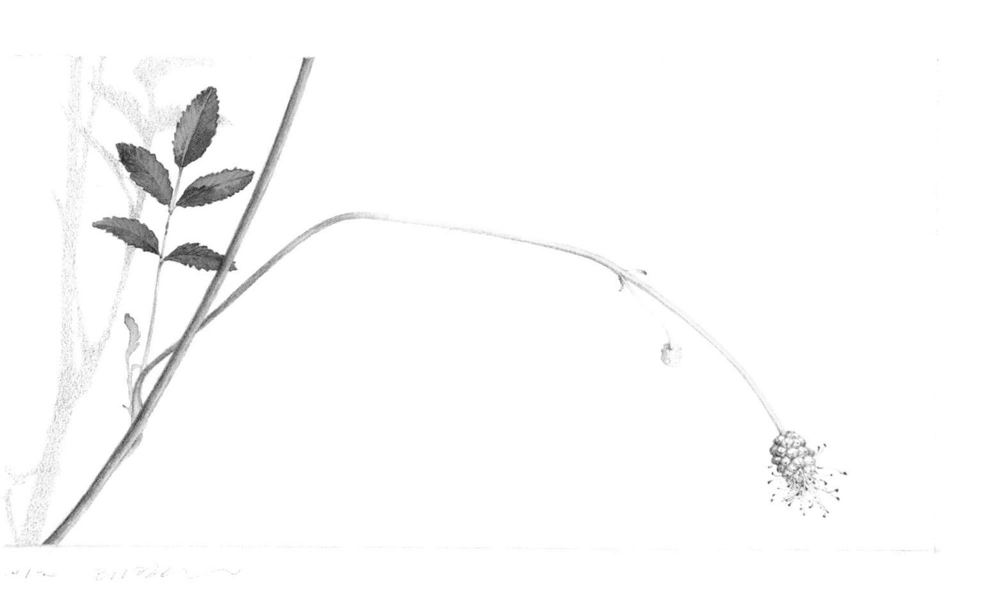

춘향 대 심청

춘향이를 대령하라는 변사또의 명령을 받고 부하들이 착오를 일으켜 심청이를 대령했습니다. 변사또가 심청이를 춘향이로 착각하고 물었습니다. 오늘밤 내 수청을 들겠느냐. 그 말을 들은 심청이의 대답은?

그대가 남자라면, 춘향이같이 절개가 굳은 여자와 심청이같이 효성이 지극한 여자 중 어느 여자를 아내로 맞아들이겠습니까. 물론 둘 다 예쁩니다. 택일하시고 이유를 간단하게 말씀해 주세요. 둘 다라고 대답하는 분은 변태로 간주하겠음.

옛 애인이 주고 간 상처 때문에 지금 애인이 불이익을 당하게 만들어서는 안 된다. 죄는 변사또가 저질렀는데 문초는 허구한 날 이몽룡이 받아야 한다면 천하일색 춘향이보다는 천하박색 향단이가 더 예쁘 보일 날이 올지도 모른다.

현대판 춘향전입니다. 이몽룡은 첩첩산중에서 고시공부 중입니다. 검사장인 변학도가 불법유흥업소를 운영했다는 죄목으로 춘향이를 소환합니다. 그리고 수청을 들면 훈방하겠다고 합니다. 검사장인 변학도는 미혼입니다. 그대가 생각하는 춘향이의 선택은?

현대판 심청전입니다. 심청은 남경 상인들에게 공양미 삼백석을 받고 인당수에 뛰어든 다음 황해를 횡단, 아버지에게로 다시 돌아갑니다. 남경 상인들에게 추적을 당할 경우를 대비해 열심히 공부해서 인터폴이 됩니다. 그리고 남경 상인들을 인신매매범으로 체포합니다. 이때 심봉사의 소감 한마디는?

2012

기 살리는 방법

여자는 문지방 한 번 넘을 때마다 변덕이 팥죽 끓듯 하고, 속으로는 좋으면서도 겉으로는 싫은 척해서, 남자들이 도무지 갈피를 잡을 수 없지만, 여자의 결론은 오로지 '사랑받고 싶어요' 하나로 귀결된다.

집 안에서 기가 죽은 아내는 집 밖에서도 기가 죽는다. 그건 남편도 마찬가지다. 집 안에서 기가 죽은 남편은 집 밖에서도 기가 죽는다. 행복하게 살고 싶은가. 그러고 싶다면 먼저 서로의 기부터 살려주자.

남편이 자기를 배려하도록 만들지 않고 눈치를 보게 만들면 그때부터 여자는 아내라는 이름에서 여편네라는 이름으로 개명된다.

반드시 돈으로만 아내나 남편의 기를 살릴 수 있다는 생각을 버리자. 슈크림처럼 달콤한 사랑이 듬뿍 담겨 있는 말 한마디로도 얼마든지 죽었던 기는 다시 살아난다. 하지만 마흔이 지나면 부작용 주의.

한국 남편들에게는 묘한 특징이 있다. 사랑을 쉽게 고백하지 않는다는 것이다. 진실을 중시하기에 꺼내놓으면 그 무게가 더 작고 가볍게 느껴질까 봐 침묵하는 것이다. 매일 가족을 위해 묵묵히 일하는 모습 자체가 사랑한다는 고백이다.

오늘 쌍방울이 얼어붙을 정도로 추운 날씨라고 한다. 여자분들은 남친이나 남편의 쌍방울이 얼어붙지 않도록 쌍방울 동파방지 사랑멘트 한마디씩을 준비해 두시는 건 어떨까. 콧소리 섞인 세 음절이면 충분하다. 자기 짱!

직장이라는 이름의 멍에

면접시험 보러 가는 길입니다. 신호대기 중에 어떤 사내가 다급하게 차창을 두드립니다. 태워달라는 뜻 같습니다. 당신은 개무시해 버리고 시험장으로 달려갔습니다. 그런데 깜놀, 면접관이 아까 창문을 두드리던 그 사내입니다. 이때 현명한 당신의 변명 한마디는?

입사한 지 일주일도 안 되는 말단이 지각을 했습니다. 상사가 왜 지각을 했느냐고 물었습니다. 그러자 말단이 대답합니다. 꿈에 회사가 도산 직전의 위기에 처하는 바람에 그것을 막느라고 출근이 늦었습니다. 당신이 상사라면?

신혼입니다. 아내는 회사보다 가정이 중요하다고 말합니다. 그러나 부장은 가정보다 회사가 중요하다고 말합니다. 아내의 말을 따르자니 직장을 잃을 것 같고 부장의 말을 따르자니 가정을 잃을 것 같습니다. 현명한 방법이 없을까요?

당신은 지금 최전방에서 졸병으로 군대생활을 하고 있습니다. 한밤중, 내무반에 있는데 선임이 밖에서 함박눈이 쏟아지고 있다는 사실을 말해 줍니다. 그때 당신의 입에서 무심코 튀어나오는 두 음절의 단어는?

눈이 하얗게 덮인 한반도의 항공사진을 졸병들에게 보여주었습니다. 이때 졸병들이 내뱉는 한마디는, 위 질문의 대답과 동일합니다.

자부심

대학에서 철학과가 사라지고 있습니다. 물론 대학은 나름대로의 이유를 가지고 있겠지요. 하지만 오늘날의 대학은 진리탐구보다 취업탐구에 더 주력하는 듯한 느낌입니다. 이러다 '학문의 전당'이 '항문의 전당'으로 전락하지 않을까 염려스럽습니다.

봄이 오면 꽃이 핍니다. 당연한 말입니다. 당연해서 식상하다고 생각하는 분들도 계시겠지요. 하지만 당연한 말 속에 진리가 들어 있습니다. 상식이 실종된 시대일수록 당연한 말이 그리워집니다.

젊은이들은 대개 자기가 인생의 주인공이라는 사실을 망각하고 삽니다. 그들은 때로 자신의 천금 같은 시간들을 허영이나 쾌락으로 낭

비해 버리기도 합니다. 하지만 젊어서 실력 연마를 게을리하면 늙어서 행인 1, 2로 전락하게 됩니다. 그때는 역전도 없습니다.

나의 단점을 없애려고 노력하는 쪽보다는 나의 장점을 키우려고 노력하는 쪽이 훨씬 빠른 성장을 가져옵니다.

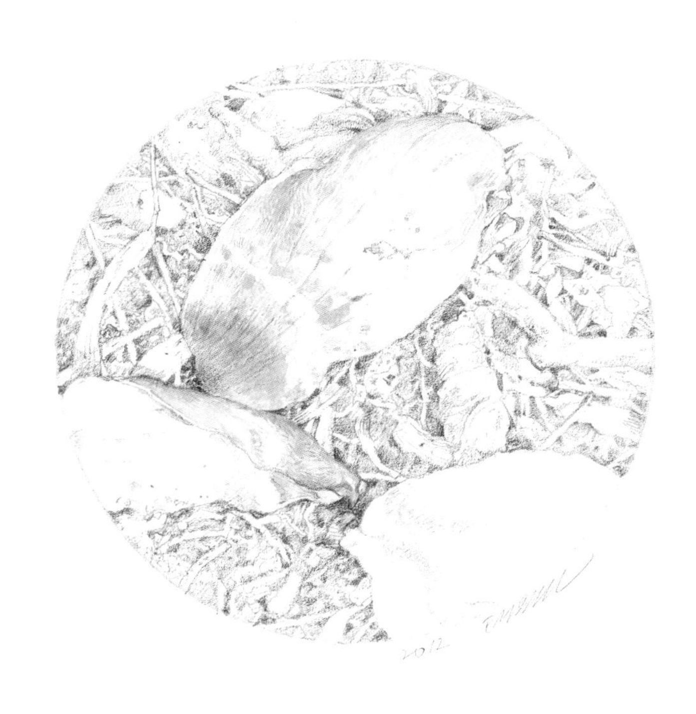

A4 한 장 분량의 자기소개서조차 변변하게 작성치 못하는 실력으로 취업이 안 된다고 세상을 한탄하는 젊은이들이 적지 않습니다. 그대가 회사 간부라면, 금쪽 같은 시간을 악플이나 남발하는 일로 소일하는 잉여인간을 사원으로 채용하고 싶겠습니까.

꿈을 포기하지 않았다면, 그리고 도전할 의지가 남아 있다면, 아직 그대는 낙오자가 아닙니다. 세상은 넓고 할 일은 많다는데, 직접 도전해 보지도 않고 지레 힘 있는 부류들에게 빌붙어 사는 족속들이 진짜 낙오자들입니다.

어떤 존재든지 쓸모가 없으면 존재할 수가 없습니다.

학교에서의 우등생이 반드시 사회에서도 우등생이 되는 것은 아닙니다. 게다가 세상의 잣대가 언제나 절대적인 것도 아닙니다. 인생의 진짜 성적표는 그대가 직접 작성하는 것입니다. 힘내세요. 그대의 꿈도 노력하면 반드시 이루어집니다.

고딩 유머

공주병 할머니가 길을 걷고 있는데 트럭 한 대가 쫓아오면서 "같이 가 처녀, 같이 가 처녀" 하고 외칩니다. 저 따위 고물 트럭으로 나를 유혹하려 들다니, 할머니는 한바탕 말다툼을 각오하고 보청기를 착용했습니다. 다시 트럭이 외쳤습니다. 갈치가 천 원!

두 처녀의 대화입니다.

넌 얼굴도 반반한데 왜 쫓아다니는 남자가 없니.

한 달 전부터 날마다 편지를 보내는 남잔 있는데 아무래도 애꾸인 거 같아서 망설이고 있어.

어머나. 애꾸라니, 그게 무슨 소리야.

나한테 한눈에 반했대.

사전에서 개자식을 찾아보니 개새끼라고 나와 있네요. 다시 개새끼를 찾아보니 성질이나 행실이 못된 사람이라고 풀이되어 있습니다. 개자식 하면 떠오르는 사람이 없는데, 개새끼 하면 떠오르는 사람이 있습니다. 그대는 누구 얼굴이 떠오르십니까.

열 번 찍어 안 넘어가는 나무는 전기톱을 써야 한다고 제가 말했더니, 어떤 대학생, 요즘은 전기톱보다 페라리에 더 잘 쓰러진다고 정정해 주었습니다. 세상 많이 변했습니다. 그런데 아름드리나무에 막무가내로 커터칼을 들이미는 분들도 계시지요. 쩝니다.

초딩 유머입니다. 야채 좀 더 주세요, 를 영어로 뭐라고 하는 줄 아시나요. 원더풀.

거북이가 재능기부 삼아 동물들에게 무료로 강을 건너주겠다고 큰소리를 칩니다. 베짱이, 쥐, 두꺼비, 뱀 등의 동물들이 예약을 하기에 바쁩니다. 그때 토끼 한 마리가 나타나 말합니다. 나 어제 저 쉐키 타봤는데, 가다가 갑자기 깊은 데서 잠수해.

검술대회가 열렸습니다. 최종까지 남은 검객은 세 명. 심사관이 첫 번째 검객에게 파리 한 마리를 날렸습니다. 파리는 단칼에 두 토막이 나버렸습니다. 이어 두 번째 검객은 네 토막. 그런데 세 번째 검객은 파리가 그냥 날아가버렸습니다. 실팬가. 심사관이 물었습니다. 그러자 세

번째 검객의 대답, 아닙니다, 저놈은 앞으로 교미를 못 할 겁니다.

떡 중에서 가장 숨이 막히는 떡은—헐레벌떡.

미용실에서 머리를 자르고 온 아내를 보고 남편이 버럭 화를 냅니다. 왜 나한테 상의도 없이 머리를 잘랐어. 아내가 천연덕스럽게 대답합니다. 당신은 나한테 상의하고 대머리가 되셨수?

부부가 대문 앞에서 말다툼을 벌이고 있었습니다. 이때 개 한 마리가 지나갔습니다. 남편이 아내에게 말했습니다. 당신 친척이 지나가는데 인사도 안 하나. 그러자 아내가 반격을 가했습니다. 어머, 시아주버님, 아침부터 어디 갔다 오세요.

전문의와 돌팔이

자기 몸에 간직되어 있는 단어 중 가장 거친 느낌을 주는 단어가 무엇인지 찾아내라고 하면 대개 '털'이라는 단어를 찾아낸다. 맞다. 그럼 이번에는 '털'이라는 단어에 한 글자만 덧붙여서 가장 부드러운 단어를 한번 만들어보면, 뭘까. 솜털이다.

나는 왜 "패밀리 레스토랑에서 밥 먹었다"는 말을 "때밀이 레스토랑에서 밥 먹었다"는 말로 들었을까.

마누라가 좋아하는 달팽이요리를 해주기 위해 시장을 보러 간 봉달씨. 이쁜 여자와 눈이 맞아 외박을 하고 만다. 다음날 아침 집에 돌아와 초인종을 누른 봉달씨. 달팽이를 현관 앞에 쏟아부은 다음, 애들아다 왔어! 조금만 더 힘을 내!

어느 날 친구가 귀걸이를 하고 있는 모습을 발견한 창식 씨. 너 언제부터 귀걸이를 하고 다녔느냐고 친구에게 물었다. 그러자 친구 왈. 마누라 몰래 사귀던 여자의 귀걸이를 마누라가 내 차에서 발견한 날부터야.

술에 만취되어 집에 들어가다 아파트 계단에서 굴렀다. 얼굴이 계단 모서리에 긁혀 피가 난다. 마누라 몰래 세면대에서 씻고 얼굴에 조심스럽게 반창고를 붙인 다음 자리에 쓰러져 잠들었다. 아침에 마누라가 말했다. 인간아, 거울에 왜 반창고는 잔뜩 붙여놨니.

손가락으로 머리, 가슴, 발바닥 어디를 눌러도 까무라치게 아프다. 그러나 아무리 진찰을 해보아도 의사는 이상을 발견하지 못했다. 결국 환자는 병원을 떠돌다 돌팔이 의사를 찾게 되었다. 돌팔이 의사가 말했다. 손가락이 부러지셨군요.

웃긴다

생명을 단축시키기 위한 가족교육 프로그램 3종 세트—1. 부모님께 컴퓨터 가르치기. 2. 자식에게 수학문제 푸는 법 가르치기. 3. 마누라에게 도로운전 가르치기.

커플된 지 100일 되는 날 기념반지 사주더니, 결혼한 지 10년 되는 날 훌라후프 사주었다.

관직에 계신 분한테 '참 기발하십니다'라고 보내야 할 문자를 '참 시발하십니다'로 보내고 말았다. 한글 자판은 왜 기역 옆에 바로 시옷이 붙어 있고 지랄이냐.

서울에는 겨울에도 모기가 있다고 한다. 모기가 진화한 걸까, 아니면 서울이 퇴화한 걸까.

남편이 외박했을 때 아내의 연령별 대처법 — 20대, 너 죽고 나 살자고 멱살잡이. 30대, 야근이라도 했겠거니, 이해하려고 노력한다. 40대, 외박한 줄도 모른다.

바람둥이 남편이 있었다. 여자가 없는 북극에서는 바람을 못 피우겠지, 아내는 남편을 북극으로 보내버렸다. 그러나 갈수록 남편이 보고 싶어졌다. 그래서 아내는 북극으로 가보게 되었다. 남편은 북극곰 암컷에게 열심히 마늘을 먹이는 중이었다.

허리가 불편한 할머니가 버스 벨을 매우 힘겹게 누르셨다. 그런데 그 사실을 모르는 할아버지가 버스 벨을 다시 누르셨다. 그러자 할머니의 버럭, 와 끄요!

7

그대가 변하지 않으면 세상도 변하지 않는다

자기 모습도 못 보는 사람들 눈에

예수나 부처가 보인다니 아무리 생각해도 신기할 따름입니다.

실없는 놈

『경행록(景行錄)』에 이르기를, 말이 많아 실수를 하는 것은 모두 술 때문이고 의리가 끊어지고 친분이 멀어지는 것은 단지 돈 때문이라고 하였습니다. 하지만 술을 멀리하자니 세상이 삭막해지고 돈을 멀리하자니 가정이 삭막해집니다. 여자까지 멀리해야 한다면 지옥이지요.

집필실에 습도계를 비치하지 않았을 때는, 건조하면 건조한 대로, 눅눅하면 눅눅한 대로 불평 없이 살았습니다. 그런데 습도계를 비치한 뒤로 목구멍이 칼칼하다, 콧구멍이 당긴다, 유난을 떨어대는 상황들이 발생합니다. 하나의 물건에는 하나의 근심도 따라옵니다.

피곤의 무게가 천 근이라면 눈꺼풀의 무게는 만 근입니다.

권력의 눈치를 본 적도 없고 권좌에 아부를 한 적도 없습니다. 이념이나 미신에 빠져본 적도 없습니다. 젊은 시절부터 오늘날까지 초지일관 자연과 예술을 사랑하는 독립군으로 살았습니다. 여전히 세상만물은 사랑하지만 여전히 '나쁜인 놈들'은 싫어합니다.

가끔은 실없는 놈이라는 소리를 듣더라도 강을 보고 감사합니다, 산을 보고 감사합니다, 하늘을 보고 감사합니다, 천지만물에게 모두 고개 숙여 감사할 줄 아는 사람으로 살고 싶습니다.

겨울밤만 깊어가고 제 마음은 깊어가지 않습니다. 인생은 아무리 걸어도 황량한 사막. 저는 아직도 시정잡배, 허기진 영혼으로 동가식서가숙을 계속하고 있습니다. 달마의 눈알 하나 중천에 둥근 달로 휘영청 떠올라 온 세상을 대낮같이 환하게 비추고 있건만.

하수와 고수

내가 가는 길을 세상이 가로막았던 적은 있어도 신이 가로막았던 적은 없습니다. 그래서 나는 세상을 원망해 본 적은 있어도 신을 원망해 본 적은 없습니다. 그런데 요즘은 본질을 팽개쳐버린 채 광분하는 종교를 원망하고 싶은 충동을 자주 느끼게 됩니다.

종교적인 문제로 피 터지게 싸우는 것은 하수들입니다. 고수들은 서로 추구하는 것의 본질이 같다는 사실을 압니다. 예수님과 부처님이 만나면 서로 멱살잡이를 하실지 술 한잔을 꺾으실지를 생각해 보십시오. 멱살잡이는 하수들의 생각이고 술 한잔은 고수들의 생각입니다.

인간은 정기신(精氣神) 삼합체(三合體)라고 합니다. 하지만 살다 보면 가끔 몸만 있고 영혼은 없는 부류들을 만날 때도 있지요. 이런 부류들은 절이나 교회를 가서도 오로지 부자가 되기만을 소망합니다. 만 종교의 본질이 황금이라고 생각하는 분들 같습니다.

어떤 종교인들은 수많은 사람들이 자기 때문에 종교를 혐오한다는 사실을 전혀 상관치 않고 때와 장소를 불문, 열심히 선교활동을 벌입니다. 자기 모습도 못 보는 사람들 눈에 예수나 부처가 보인다니 아무리 생각해도 신기할 따름입니다.

아집과 편견으로 점철된 종교인들이 순박한 사람들에게 전도를 하는 모습을 보면 구정물로 새하얀 옥양목을 세탁하겠다는 의도와 흡사해 보입니다. 주기도문에는 우리를 시험에 들게 하지 마옵시며, 라는 대목이 나오지만 그분들이 현실적으로 그러기는 불가능할 것 같습니다.

자기를 마치 신의 대변자인 것처럼 말하면서 주겠다는 것보다 달라는 것이 많은 종교 지도자들이 있다면 사이비일 가능성이 높습니다. 특히 금전을 요구한다면 백프롭니다.

예수님은 떡 5개와 물고기 2마리로 5천 명을 먹여 살리는 기적을 보여주신 적은 있지만, 성경 어디를 찾아보아도 어떤 능력을 보여주고 돈을 버셨다는 가르침은 없습니다.

정치가와 종교인은 크게 다르지 않습니다. 많이 베풀면 진짜고 많이 챙기면 가짭니다. 문제는 진짜를 가짜인 줄 알고 가짜를 진짜인 줄 아는 청맹과니들입니다. 그들은 절대로 자신의 믿음을 의심치 않습니다. 세상의 종말이 눈앞에 닥치는 그날까지.

배타적 종교관을 내던져버리지 않는 종교인은 종교의 본질을 실천할 의지가 없는 위선자에 불과합니다.

부처님이 절간에만 있는 것도 아니고 예수님이 교회에만 있는 것도 아니지요. 지금은 한밤중, 하지만 기다리면 아침은 옵니다.

예술의 고통

취직도 안 되고 할 일도 없는데 나도 소설이나 써볼까라고 말하는 분들이 계십니다. 그분들께 말씀드리고 싶습니다. 작가로 데뷔하기는 운전면허증 따기보다 몇 배나 어렵습니다. 차라리 기자를 꿈꾸시는 편이 낫지 않을까요. 요즘 어떤 어용언론의 기자들은 기사를 소설처럼 창작하기도 합니다.

저로서는 "글이나 써서 밥을 먹고 살아야겠다"라고 말하는 사람들이 제일 가증스러워 보입니다. '이나'라는 보조사에서 이미 치열함이 전무하다는 사실을 알 수 있습니다. 아놔, 그런 상태로는 글이 밥을 먹여주기는커녕 자신을 먹어치우지나 않으면 천만다행.

예술가들에게는 작품이 자식과 같은 존재입니다. 따라서 남의 자녀를 함부로 유괴해서 자기 애라고 우기거나, 이목구비 사대육신을 제멋대로 토막 내거나 개조한다면, 엄벌에 처해도 할 말이 없습니다. 그런데 대한민국은 이런 상식조차도 실종 상태니 심히 부끄럽고 안타깝습니다.

예술가에게 통념적 애국심을 강조하면 안 되지요. 예술을 하고 있다는 사실 자체가 곧 애국이나 다름이 없기 때문입니다.

고기만 씹어야 제맛이 아닙니다. 글도 씹어야 제맛입니다. 그런데 자기 논리와 직관을 지나치게 신뢰하는 분들이 참 많습니다. 자기 비위에 맞지 않으면 일단 시비 걸기 바쁩니다. 비약도 함축도 생략도 허용되지 않는 독서법. 어디서 터득한 것일까요.

저는 전생에 얼마나 많은 죄를 지었기에 예술이 유기당한 이 시대에 작가라는 이름으로 살아가고 있는 것일까요.

세속이시여, 제 얼굴에 칼을 대는 자에게는 관대할 수 있어도, 제 작품에 칼을 대는 자에게는 관대할 수 없음을 해량하소서.

Sans-Souci
2012

그대 식으로 내버려두겠소

종교에 대한 이야기만 꺼내면 동해물과 백두산이 마르고 닳도록 다툼만 계속되고 결론은 나지 않습니다. 화자들이 본질을 망각하고 있기 때문이지요. 종교의 본질은 천지개벽을 하는 날이 오더라도 '내가 알고 있는 종교만 옳다'가 될 수는 없습니다.

어떤 분이 제 종교적 입장을 물으셨습니다. 저희 집안은 모두 하나님을 믿습니다. 그러나 맹신자들은 아닙니다. 특히 저는 사랑과 자비를 실천하는 종교라면 모두 인정하는 입장입니다. 그리고 대한민국 헌법에는 종교의 자유가 보장되어 있습니다.

내가 그대를 그대 식으로 믿게 내버려두듯이 그대 또한 나를 내 식으로 믿도록 내버려두시오—어느 기독교인에게.

도시에서 사흘 열심히 일하고, 시골에서 나흘 휴식을 즐기는 것이 가장 이상적인 삶이라는 생각을 가지고 있습니다. 오로지 물질의 풍요만을 위해 앞만 보고 내달아가는 삶 속에는 낭만도 없고 사랑도 없습니다. 당연히 행복도 기대할 수 없지요.

타인이 저지른 한 번의 실수는 인류의 크나큰 해악이고 자신이 저지른 백 번의 실수는 대수롭지 않은 일로 생각하는 분들이 계시지요. 박수 안 칠 때도 제발 제 곁에서 떠나달라고 말하면 실례일까요.

2012

같은 선녀, 다른 나무꾼

대통령이 어느 정신병원을 방문했다. 모든 환자들이 열광적으로 대통령을 연호했다. 그런데 한 환자만 딴전을 피우고 있었다. 대통령이 의사에게 말했다. 저 환자는 중증 같은데. 병원장이 대답했다. 오늘 아침 제정신으로 돌아온 환자입니다.

전철문이 닫히지 않자 궁금해서 바깥을 내다보던 아저씨. 때마침 문이 닫히는 바람에 목이 끼이고 말았습니다. 그런데 우케케케 하고 웃습니다. 곁에 있던 꼬마가 묻습니다. 안 아프세요. 그러자 아저씨 왈, 앞 칸에 목 낀 놈 또 하나 있다.

옷을 훔쳐갈 나무꾼을 애타게 기다리던 선녀, 결국 참지 못하고 물어물어 나무꾼을 찾아갔습니다. 그리고 왜 옷을 훔쳐가지 않느냐고 심하게 역정을 부렸습니다. 그때 나무꾼이 하는 말, 저는 그 나무꾼이 아니라 금도끼 은도끼 나무꾼인데요.

아주 특이한 가치관

키가 180센티가 못 되는 남자들은 루저다, 라는 어느 여대생의 발언이 인터넷을 들끓게 만든 적이 있습니다. 나폴레옹의 키는 150센티 남짓이었다고 하는데 살아 있었다면 어떤 표정을 지었을까요. 아주 특이한 가치관을 가진 대학생들이 속출하는 시대입니다.

어떤 기관의 설문결과에 의하면, 옛날에는 대학생들이 배우자를 고를 때 외모보다 성격을 중시했는데 요즘은 대학생들이 성격보다 외모를 중시한답니다. 결혼하더라도 오래 살 생각이 아닌 게 분명합니다.

일류 대학에 못 가서 일류 스승을 만나지 못했다는 생각은 어리석습니다. 그대의 마음가짐에 따라 여름날 땅바닥을 지루하게 기어 다니는 달팽이 한 마리조차도 크나 큰스승이 될 수 있나니, 돈보다 중요한 것이 앎이고 앎보다 중요한 것이 깨달음입니다.

별로 뛰어난 안목을 획득한 처지도 아니면서 겉모습으로 사람을 싼놈 비싼놈으로 가치평가해 버리는 무뢰남 무뢰녀들이 적지 않습니다. 그 자체가 자신이 저급한 부류라는 사실을 증명하는 소치가 아니고 무엇이겠습니까.

인간은 물질적 요소만으로 이루어진 존재가 아닙니다. 인간은 정기신 삼합체입니다. 그래서 가진 게 돈밖에 없는 듯이 살아가는 사람도 혐오스럽기 짝이 없어 보이고, 가진 게 몸밖에 없는 듯이 살아가는 사람도 혐오스럽기 짝이 없어 보이는 것입니다

실력으로 상대편을 이기지 못하면 반칙을 써서라도 상대편을 이겨야 한다고 생각하는 위인들이 있습니다. 비난을 받으면 '반칙도 실력'이라는 궤변 따위로 자기를 합리화합니다. 그런 분들도 끼니는 때우고 삽니다. 그러나 식사인지 사료인지는 확실치 않습니다.

냉수에 이 부러진다

오늘은 양력 7월 7일. 그러나 견우와 직녀가 만나는 칠월 칠석은 아닙니다. 일본은 양력으로 칠석을 지내지만 우리나라는 음력으로 지내기 때문입니다. 예전에는 마을 아낙들이 길쌈을 해서 칠석을 기념하기도 했는데 요즘은 그런 미풍양속들이 많이 사라져버렸습니다.

냉수에 이 부러진다는 속담이 있습니다. 이치가 맞지 않아 기가 막힐 때 쓰는 속담이랍니다. 한국 고전의 풍자와 해학은 문자 그대로 타의 추종을 불허합니다. 재수가 없는 놈은 뒤로 자빠져도 코가 깨진다는 속담도 슬며시 입가에 웃음을 베어 물게 만들지요.

돈을 벌려고 사력을 다하면 사람이 멀어지기 마련입니다. 돈보다는 사람을 많이 벌려고 노력하시면 어떨까요. 그러면 저절로 돈도 따라오기 마련입니다. 사람이 많이 모이는 곳에 돈도 많이 모이는 것은 당연지사입니다.

반드시 예고나 예대를 나와야만 예술을 한다는 생각은 옳지 않습니다. 안데르센은 구둣방에서 구두수선을 하던 신기료장수 출신이었습니다. 체대 나오지 않고도 금메달 따는 운동선수들 많습니다. 혼신을 다하는 노력, 그것만이 성공의 확실한 발판입니다.

언제나 희망을 가지십시오. 희망을 가지지 않으면 기회가 와도 기회인 줄 모르고 지나쳐버리게 됩니다.

심해에는 어떤 선생들이 가르치는 디자인 학교가 있길래 물고기들이 그토록 멋진 자태와 색깔로 자신들의 몸을 치장하고 다니는 것일까요. 물고기들을 볼 때마다 저절로 '졌다' 소리를 내뱉게 됩니다.

타인의 지난날 과오를 비난하기 전에 자신의 오늘날 과오는 없는지 한 번쯤 숙고해 볼 일입니다.

날이 활짝 개어서 새파란 하늘색에 새하얀 뭉게구름이 눈부십니다. 어디 나들이를 가고 싶어도 감성마을 자체가 자연에 파묻혀 있어서 창문만 열어도 나들이 온 기분입니다. 일거리들이 많이 밀렸는데도 한

2012

껏 게으름을 피우고 있습니다. 시간이 달콤합니다.

제 소설을 읽었지만 기억나지 않는다고 미안해 하시는 분들이 계십니다. 괜찮습니다. 머리로 읽지 않고 가슴으로 읽으신 분들은 기억에 남지 않는 경우가 많습니다. 모든 문장들이 그대의 영혼에 융합되면 머릿속에 아무것도 남아 있지 않는 것이 당연합니다.

저는 쓰면 작가 안 쓰면 백수. 주말이 특별할 이유가 없습니다. 날마다 시간이 불어터진 채로 나자빠져 있습니다. 하지만 허송세월은 아닙니다. 겉으로 보기에는 빈둥거리는 것 같겠지만 나름대로는 늘 창조적인 생각에 골몰해 있습니다. 푸헐.

어떻게 할까요

당신이 어느 날 퇴근해서 집으로 돌아왔을 때, 현관 앞에서 당신의 아들이 의아한 표정으로, 아저씨 누구세요, 라고 묻는다면 어떤 기분이 들까요.

평소 호감을 느끼던 사람에게 "안녕하세요"라고 인사했는데 상대편이 "안녕하지 못한데요"라고 대꾸했다면 당신의 다음 말은?

어느 날 말하는 모기가 당신의 귓전으로 날아와 다 죽어가는 목소리로, 지금 배가 고파 죽겠으니 피 한 방울만 적선해 달라고 애원합니다. 당신은 어떻게 하시겠습니까. 예상 답변—뒈져.

어느 날 당신의 집 앞에서 중학생 서너 명을 만났습니다. 녀석들은 당신을 보자 담배 몇 개비만 얻을 수 없겠느냐고 당당한 태도로 말합니다. 당신은 어떻게 하시겠습니까?

당신이 거액을 차용하고 한 푼도 갚지 못했는데 채권자가 불의의 사고로 사망해 버렸습니다. 채권자는 독신이며 일가친척도 없는 상태입니다. 그는 돈밖에 모르던 사람이었지요. 당신의 기분이 어떠실지 정직하게 한번 대답해 보세요.

한 사람이 물에 빠져서 허우적거리고 있습니다. 동태를 보니 수영을 못하는 것이 분명합니다. 그런데 물에 빠진 사람은 알고 보니 당신과 원수지간입니다. 물론 당신은 그를 살릴 수 있는 능력을 가지고 있습니다. 당신은 어떻게 하실 건가요.

정신병동을 탈출한 미친놈 하나가 당신 목에 칼을 들이대고 지구에 온 목적을 말하라고 합니다. 거짓말을 하거나 시간을 오래 끌면 죽여 버리겠다고 협박합니다. 당신은 어떻게 대처하시겠습니까.

우리 다시 한 번

하루 화근은 해장술이 만들고 평생 화근은 악처가 만든다는 속담이 있습니다. 하지만 열 효자보다 한 악처가 낫다는 속담도 있습니다. 껌은 씹을수록 단물이 빠지고 속담은 씹을수록 단맛이 돋습니다.

무려 11시간을 잠에 빠져 있었습니다. 하루를 분실해 버린 느낌입니다. 잠만 잤는데 전신을 쇠몽둥이로 얻어맞은 듯이 아픕니다. 다시 주침야활의 패턴으로 돌아갑니다. 차 한잔 마시고 정신을 차리겠습니다.

한국에서는 예술해서 먹고살기 힘들다고 말하는 분들이 많으시지요. 예술뿐이겠습니까. 한국에서는 다른 거 해서 먹고살기도 힘듭니다.

젊은이들이여. 나도 그대들과 같은 나이에 몇 번이나 죽음을 생각했었습니다. 아무리 세상이 외롭고 슬프고 고통스럽더라도 아랫입술을 아프게 깨물며 우리 다시 한 번 존버.

대학을 때려치겠다는 젊은이에게—저는 춘천교육대학을 졸업하지 못하고 중퇴했기 때문에 3년이면 인정받을 수 있는 일들을 30년이 걸려서야 인정받았습니다. 사회는 아직도 모순 덩어리입니다. 그대가 한꺼번에 뜯어고칠 수 없다면 대적하지 말고 조화하시기를.

잠들기 전에는 언제나 이기적인 하루를 보내지는 않았는가 반추합니다. 남을 위해 한 일이 아무것도 없다면 내게 부여된 하루를 낭비한 것이겠지요. 잠에서 깨어나면 항상 오늘을 낭비하지 않고 살게 되기를 소망합니다.

그대 자신이 우주의 주인이며 인생의 주인입니다. 성현들은 생각이 끊어진 자리에 도가 있다고 하셨지요. 생각이 끊어진 자리에 마음이 있고, 마음이 있는 자리에 본성이 있습니다. 나무들은 한자리에서 자신의 잎을 떨구어 땅을 기름지게 만들지요.

그대가 남자라면 마음은 비우더라도 지갑까지 비우지는 마옵소서. 요즘 남자는 어디를 가도 돈 떨어지면 개털입니다.

주침야활의 패턴에서 야침주활의 패턴으로 전환된 것 같습니다. 시도 때도 없이 잠이 오고 잠을 자고 나면 피곤이 쇳덩이처럼 온몸을 무겁게 짓누릅니다. 다시 긴장을 불러들입니다. 한순간이라도 쉬면 안되는 팔자 같습니다.

국민의 열망은 모르는 척 내팽개쳐버리고 한사코 자신의 열망에만 목숨을 거는 정치가들은 이제 정치계를 떠나라고 말씀드리고 싶습니다. 국민들도 이런 위선자들은 투표로 과감하게 솎아내 버려야 합니다. 어떤 일이 있더라도 투표는 포기하지 맙시다.

시곗바늘을 거꾸로 돌린다고 시간까지 거꾸로 돌아가지는 않습니다. 밤이 아무리 길어도 언젠가는 아침이 오고, 겨울이 아무리 길어도 언젠가는 새봄이 옵니다. 절대로 절망하거나 포기하지 않겠습니다.

마음속의 그분에게

어떤 신도가 일요일인데 왜 교회에 나가지 않느냐고 못마땅한 어투로 제게 물었습니다. 온 우주가 다 내 마음의 교회요 절간인데 어딜 나가고 자시고 해야 하느냐고 제가 되물었습니다.

사람들은 저마다 가슴속에 자신이 만든 하나님을 한 명씩 가지고 있습니다. 그래서 남이 간직하고 있는 하나님이 자신이 간직하고 있는 하나님과 다르면 강렬한 거부감을 나타내 보입니다. 하나님의 가르침이나 종교적 본질 따위는 안중에도 없습니다. 쪼잔하기는.

부처도 인류를 구원하기 위해서 이 세상에 태어나셨고 예수도 인류를 구원하기 위해서 이 세상에 태어나셨지요. 그런데 아직도 인류는 구원받지 못했습니다. 그러면 그분들은 실패하신 건가요.

모름지기 인간이라면, 뇌에 축적된 지식의 부피가 얄팍하다는 사실보다 가슴에 축적된 사랑의 부피가 얄팍하다는 사실을 훨씬 더 부끄럽게 생각할 수 있어야 합니다. 그렇지 않다면 인간은 만물의 영장 자리를 다른 영장류에게 양도해야 합니다.

아무리 노력해도 안 될 때 기도하겠습니다. 노력도 하지 않고 모든 일상을 '해주십시오'로 일관한다면, 인생을 통째로 거저 먹겠다는 심보 같아서 웬지 저 자신이 한심해집니다. 그래서 저는 기도하기 전에 피눈물 나게 노력하는 모습부터 보여드리겠습니다.

하나님, 당신을 믿는다고 큰소리치는 사람 중에서도 더러 나쁜 사람이 있다는 거 아시지요.

8

버티기의 기술

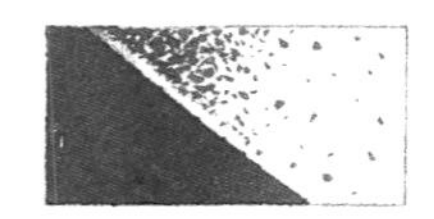

인생은 창조다. 그래서 매뉴얼이 존재하지 않는다.

잡인은 있어도 잡초는 없다

환기를 시키기 위해 집필실 창문을 엽니다. 겨울바람은 서슬 푸른 칼날입니다. 제일 먼저 이마가 난도질을 당합니다. 이어서 목덜미와 어깨와 무릎이 난도질을 당합니다. 노숙자 시절이 떠오릅니다. 덕분에 이 추위가 행복으로 여겨집니다.

겨울 한철 살을 에는 추위가 봄에 피어날 꽃의 빛깔을 아름답게 만들고, 여름 한철 찌는 듯한 더위가 가을에 익어갈 열매의 속살을 향기롭게 만듭니다. 하지만 아픔도 한철이요 눈물도 한철이지요.

자주 날밤을 새우고 자주 기침을 했지요. 자주 혓바늘이 돋고 자주 눈이 내렸지요. 불안한 시대, 불안한 미래. 그리움 따위는 사치라는 생각이 들어 이제는 그대 이름을 지웁니다. 부디 행복하소서. 저는 괜찮습니다.

여기 느티나무 한 그루가 있습니다. 가지 많은 나무에 바람 잘 날 없다는 속담이 있지요. 그늘에서 쉴 목적으로 나무를 찾는 사람들도 있지만 베어서 땔감으로 쓰기 위해 나무를 찾는 사람들도 있습니다.

잡초인 줄 알았던 식물들이 알고 보니 모두 약초였지요. 세속의 짧은 식견으로 어찌 그대의 잠재력을 가늠할 수 있겠습니까. 비록 지금은 잡초 취급을 받더라도 약초로 인정받는 그날이 오기를.

주먹 하나로 저잣거리를 주름잡던 건달들도 풍류와 도리를 알던 시대가 있었습니다. 소매치기도 갈취한 돈이 치료비나 등록금인 줄 알면 돌려주던 시대가 있었지요. 그러나 이제 수많은 건달이 양아치와 동급이 되었고 수많은 지식인이 쫌팽이로 전락하는 시대가 되었습니다.

그대 인생의 소유주는 바로 그대입니다. 문제가 생기면 그대가 책임져야 합니다. 부모님도 목사님도 대통령도 책임질 수 없습니다. 한순간의 경거망동이 한평생을 망칠 수도 있습니다. 수신제가 치국평천하(修身齊家 治國平天下). 자기 마음을 다스릴 수 있는 자가 나라도 다스립니다.

지독하게 외로울 뿐입니다

허겁지겁 선착장에 당도해 보니 이미 일행들을 싣고 저 멀리 떠나가 버린 마지막 배. 홀로 남아서 바라보고 있으면 조낸 외롭지 말입니다.

인터넷에서 어떤 서류를 작성할 때 직업란에 예술가나 소설가는 명시되어 있지 않고 부득이 기타라는 항목을 체크해야 하는 순간, 40년 가까이 글밥을 먹고 살아온 저는 조낸 외롭지 말입니다.

높은 산 정상에 있는 바위들은, 아직도 빌어먹을 그리움을 견딜 만해서 사시장철 선 채로 먼 곳을 바라보고 있지만, 들판에 내려온 바위들은, 빌어먹을 그리움 따위 개한테나 던져주라는 심정으로, 굳은 허리 쭈욱 펴고 누워 있는 겁니다.

하루 종일 침묵을 지키고 있는 핸드폰, 인류에 대한 적개심까지 불러일으킵니다.

아주 가끔은 제 공식 홈페이지 대문에 큼지막한 글씨로 '애인구함' 이라는 팻말을 내걸고 싶습니다. 복잡하게 생각할 거 없습니다. 그냥 지독하게 외롭다는 뜻입니다.

어느 날 제가 사람들에게 뼈가 저릴 정도로 외롭다고 말했더니 한 여자가 불쑥 제게 "엄살 떨지 마세요"라고 핀잔을 주었습니다. 그 순간 제 뼈저린 외로움은 엄살이 되고 말았습니다.

글을 쓸 때 이외에는 혼자 있고 싶지 않은데 이따금 혼자 있게 됩니다. 젠장, 천하가 텅 비어 있는 듯한 이 느낌을 누가 이해할 수 있을까요.

무심코 차를 마셨는데 써늘하게 식어 있었습니다. 맛대가리 없다는 생각보다 울컥 외로움이 먼저 사무쳤습니다. 혀로부터 느끼는 외로움이라니, 참 지랄 같지 않습니까.

어디로 가야 하나, 어느새 날이 저물었습니다. 목 잘린 가로수들 비틀거리며 어둠 저편으로 사라지는 모습. 세상의 모든 길들도 매몰되었습니다. 아, 이제는 사랑해도 그대에게로 갈 수가 없습니다.

어쨌든 버티기

자살을 꿈꾸는 자여, 절망하지 말라. '그럼에도 불구하고' 그대는 지금까지 버티어오지 않았는가. 그대가 밑바닥까지 추락해서 더 이상 내려갈 데가 없다면, 이제 올라갈 일만 남았다고 생각하라. 인생역전의 비결은 오직 하나, 해가 떠도 존버 달이 떠도 존버, 존버가 최고야.

아, 희망을 버리지는 말라. 인생은 그저, 존버의 연속이다, 라고 생각하라. 나를 보라. 마흔이 넘을 때까지 시정잡배로 떠돌던 무명작가도 사람대접 받을 때가 있지 않는가. 물론 인간 이하로 보는 안티들도 많기는 하다만, 푸헐.

있으면 있는 대로 최선을 다하고, 없으면 없는 대로 최선을 다하라.

그러다 보면 언젠가는 성공이라는 놈이 팔을 활짝 벌려 그대를 껴안을 날이 오리라. 그때가 올 때까지 오직 존버하라. 존버만이 길이요 진리요 생명이리니.

돈 때문에 일을 하면 돈도 잘 안 생기고 일도 잘 안 풀리는 경우가 많다. 하는 일에 즐거움과 자부심을 느끼면 언젠가는 돈이 저절로 붙어 다니는 날이 오기도 한다. 그때까지 선한 마음 버리지 말고 파이팅!

과거에 머무르지 말라. 그대의 미래는 그대가 만드는 것이다. 시대에 끌려다니지 말고 시대를 끌고 다니는 사람이 되라. 정당한 노력은 반드시 정당한 대가로 돌아온다는 신념을 버리지 말라.

'이 또한 지나가리라'라는 말은 불안과 고통을 겪는 이들에게 더없는 위안을 준다. 그러나 나쁜 일은 언제나 금방 지나가지 않고 오래 머물러 있다. 빌어먹을.

내 찬란한 꿈이 실현되는 그날을 위해 지금은 잠시 현실이라는 이름의 황무지에 나를 방임해 두었을 뿐, 결코 절망이라는 이름의 시궁창에 송두리째 유기한 것은 아니야, 라고 나를 무시하는 세상을 향해 소리치기.

젊었을 때는 일마다 안 풀렸다. 측근들마저도 차츰 멀어져 갔다. 그래서 내 인생은 평생 삼재려니 하고 살았다. 사노라면 언젠가는 좋은 날도 오겠지, 어쩌구 하는 노래는 아예 해당없음으로 간주했다. 그런데 나이 드니까 풀리는구나, 버티기를 잘했다.

예전에 나는 '뱁새가 황새 따라가면 가랭이가 찢어진다'라는 속담의 모순에 대해 지적한 적이 있다. 가랭이가 찢어진다니 웃기지 마라. 뱁새도 명색이 새다. 날개가 있다. 왜 걸어서 황새를 따라가냐. 푸헐, 뱁새 너무 깔보기 어어없기.

인생은 창조다. 그래서 매뉴얼이 존재하지 않는다.

2012

마누라 팬 날 장모님 온다

마누라 팬 날 장모님 온다는 속담이 있습니다. 얼마나 난처하겠습니까. 솔로여, 그대는 아직 그런 난처한 상황에 당면할 필요가 없으니 얼마나 다행스러운 일입니까. 솔로 만세.

말 한 마디로 천냥 빚을 갚는다는 속담도 있지만, 말 한 마디로 천 년 빚을 지는 경우도 있습니다. 코를 꿰이기 전에 일단 숙고하십시오. 사랑에 대한 언약에는 유통기한이 없습니다.

일하지 않는 자 먹지도 말라는 속담이 있습니다. 하지만 남들 잠들어 있는 시간에 저는 깨어서 글 몇 줄이라도 다듬고 있으니 컵라면 한 개 정도는 끓여 먹을 자격이 있다는 자부심.

열 사람 법관을 사귀지 말고 한 가지 범죄를 저지르지 말지어다. 한국 속담입니다. 요즘 들려주고 싶은 사람이 너무 많지요

한 계절이 끝났는데도 안부전화 한 통 없는 그대를 위해서 '무소식이 희소식'이라는 속담 대신 '무소식이 절교장'이라는 속담 하나를 새로 만들었습니다. 이 나쁜 애인새퀴야.

개똥을 약으로 쓰면 똥인가요 약인가요

이 시대를 살면서 완전무결할 수 있는 인간이 어디 있겠습니까. 그대는 그대 방식대로 깨달으면 되는 일이고, 저는 제 방식대로 깨달으면 되는 일. 한세상 사는 것도 뜬구름 같은데, 저는 일단 이 거추장스러운 분별의 안경부터 벗어던지고 볼랍니다.

존버는 어떤 어려움이 닥치더라도 존나게 버틴다는 뜻을 가지고 있습니다. 하지만 어떤 분들은 존나게가 욕이라는 이유로 극심한 거부감을 나타내 보입니다. 하지만 욕이라도 하면서 버티는 수밖에 없는 세상, 인내라는 말로는 도무지 버틸 기분이 나지 않습니다.

누구도 세종대왕께서 창제하실 당시 그대로의 한글을 쓸 수는 없습니다. 인간의 진화에 따라 언어도 진화합니다. 준말이나 신조어를 언어파괴로만 생각하는 분들도 계십니다. 하지만 그것도 한글의 다양한 기능이며 장점이라고 생각해 줄 수는 없을까요.

개똥을 약으로 쓰면 똥인가요 약인가요. 존버라는 말이 비록 욕에 어원을 두고 있다고는 하더라도 활용하기에 따라서는 용기와 위안을 주는 구호가 될 수도 있습니다. 경직된 도덕은 오히려 정신건강에 해롭습니다.

인간의 능력에는 한계가 있지요. 물론 자살할 정도는 아니지만, 저도 몹시 힘들고 우울할 때가 있습니다. 그래도 어쩌겠습니까. 제가 조금만 수고하면 많은 사람을 기쁘게 만들어줄 수도 있다는 생각으로 존버정신을 고수하면서 살아갑니다.

며칠째 산더미 같은 피곤이 누적되어 있었습니다. 20시간이 넘도록 꿈도 없는 잠을 늘어지게 자고 일어났습니다. 자, 오늘도 저는 '찰진' 존버정신으로 버티겠습니다. 그대에게는 걸음마다 폭포 같은 축복이 쏟아지기를.

욕먹어도 싸다

돈 생기는 일 이외에는 아무 관심도 없는 분들이 계시지요. 열심히 벌기만 하고 열심히 쓰지는 못하시는 분들. 결국 한 푼도 제대로 써보지 못한 채 이 세상을 하직하게 됩니다. 이어 상속자가 순식간에 말아먹어 버립니다. 생각만 해도 화가 나지 않습니까.

돈에 목숨 거시는 거야 누가 뭐라고 할 바가 못 되지만요, 돈 때문에 남의 목숨 우습게 아시는 거야 욕을 수백 트럭 얻어먹어도 싸다는 생각입니다. 아무리 세상이 썩어 문드러져도 그런 사람 있으면 체면불사하고 욕해 주어야 마땅합니다.

가끔은 자신에게 실망도 해가면서, 또 가끔은 조상에게 원망도 해가면서, 살아가기 때문에 인간이지요. 그럼요, 지극히 정상적인 일입니다. 하지만 좌절도 하지 말고, 증오도 하지 말고, 가끔은 희망과 용서를 배우면서 살아가야 또한 인간이지요.

남이 잘하는 일에는 흠집을 내지 못해 안달복달, 남이 못하는 일에는 비난으로 입에 게거품 물기에 바쁜 위인들. 그런 위인들치고 인생 변변하게 사는 경우가 드물지요. 거기다 잘난 척까지 곁들이면, 성공이 첨벙첨벙 물 건너가는 소리가 들립니다.

순리대로 사는 법도 모르면서 그 많은 공식이나 법칙을 안다고 무엇이 달라지겠습니까. 두더지에게 하늘을 나는 법을 가르치고 독수리에게 땅굴을 파는 법을 가르치면 배우기는 했는데 써먹지는 못하니 오히려 먹고살기만 고달파질 뿐.

습관적으로 자신의 인생을 합성하거나 뽀샵질해서 남에게 떠벌려대는 사람들이 있습니다. 오래 경청할 필요 없이 DEL키를 누르십시오. 그러면 '저장하시겠습니까'라는 메시지가 뜰 것입니다. 추호의 망설임도 없이 '아니오'를 클릭하십시오.

2012

쫌팽이들만 남았네

왜 연등이 절을 벗어나서 온 거리를 덮어야 하느냐고 묻는 기독교인이 있습니다. 예수님도 똑같이 생각하실까요. 그분은 왜 크리스마스 캐럴이 교회를 벗어나서 온 거리에 울려 퍼지는지 모르시는 분 같습니다. 사랑이 없는 종교는 미신보다 몇 배나 무섭습니다.

어떤 것이든 몽땅 장점뿐일 수도 없고 또 몽땅 단점뿐일 수도 없습니다. 장점이 있다면 반드시 단점도 있습니다. 하지만 우리는 살면서 이 당연한 진리를 수시로 망각해 버리고 맙니다. 그것만 상식으로 간직하고 살아도 스트레스가 반은 줄어듭니다.

우리나라 고위층들은 추수 끝난 벌판의 허수아비 같습니다. 무슨 범죄가 터지면 다 모르쇠로 일관합니다. 진짜 능력자들은 그 비서들입니다. 그분들은 범죄전문가들한테 무슨 고액과외라도 받는 것일까요. 요즘 터지는 대형사고는 거의가 비서들 짓이랍니다.

가끔 깨달음처럼 저를 소스라치게 만드는 현실—어느 시대, 어느 나라 어떤 국민이건 자기들 의식 수준과 한 치의 어긋남도 없는 대통령과 정부의 다스림 속에서 살고 있을 뿐이지 말입니다.

그대가 죽을 힘을 다해 밀어도 안 열리던 문이 남이 헛기침 한 번 했는데 활짝 열리는 수가 있지요. 그대 잘못도 문의 잘못도 아닙니다. 세상 일이라는 것이 언제나 되는 것도 있고 안 되는 것도 있는 법이지요. 그대에게도 반드시 열리는 문이 있을 겁니다.

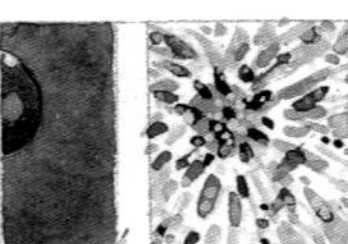

인생은 고(苦) 그래도 고(go)

여대생들의 결핵 감염률이 높아졌다는 보도가 있었습니다. 다이어트 때문에 영양상태가 나빠져서 나타나는 현상이라고 합니다. 미모는 전염되지 않지만 결핵은 전염됩니다. 나 하나 예뻐지겠다는 일념 때문에 온 가족이 각혈하는 불상사가 초래되지 않기를.

멀고 먼 인생길, 어찌 평탄한 길만 있겠습니까. 때로는 오르막, 또 때로는 내리막. 더러는 주막집 문전걸식에 더러는 잔칫집 진수성찬. 눈보라 몰아치는 엄동설한 지겹도록 길더니, 걷다 보니 어느새 화창한 봄. 걸음마다 복사꽃도 무더기로 피더이다.

고양이에 대해서 잘 아시는 분의 설명에 의하면, 길바닥에 압사당해 있는 대부분의 고양이들은, 자신이 자동차보다 날렵하다는 과신 때문에 길을 가로지르려다 비명횡사한 거라고 합니다. 사람도 더러 지나친 자만 때문에 인생을 한순간에 말아먹기도 하지요.

나무는 자기 잎을 버리는 아픔으로 자기 사는 땅을 기름지게 만듭니다. 우리는 무엇을 버리는 아픔으로 우리 사는 세상을 아름답게 만들 수 있을까요.

달콤한 인생은 한여름 밤의 꿈, 언제나 잠시뿐이지요. 오죽하면 부처님도 인생을 고(苦)라는 한 글자로 설파하셨겠습니까. 하지만 겁먹을 필요는 없습니다. 인생은 그대 앞에 놓인 진수성찬. 씀바귀는 쓴맛으로 드시고, 풋고추는 매운맛으로 드시면 됩니다.

20대는 사회적으로 성공할 수 있는 나이가 아닙니다. 20대는 평생을 바쳐도 아깝지 않은 꿈을 모색하는 나이입니다. 초조해하지 마세요. 언젠가는 때가 옵니다. 꾸준히 모색하고 준비하세요. 준비도 모색도 하지 않은 사람은 때가 와도 지나쳐버립니다.

정신적 빈곤도 우울증을 부르는 요인 중의 하나입니다. 그런데 정신적 빈곤을 물질적 풍요로 해소하려는 분들이 계십니다. 명품 핸드백을 걸친다고 텅 빈 영혼의 허기가 충족될까요. 자연과 예술과 사랑을 강추합니다. 가끔은 이외수의 책들도 읽어주소서.

어떤 꼴불견

이메일로 중요한 부탁을 하면서 이쪽 입장은 전혀 고려치 않고 자기 입장만을 장황하게 나열하면서 무조건 들어달라고 떼를 쓰는 분들이 적지 않습니다. 그분들은 개념을 '개밥에 말아먹은 염치'쯤으로 알고 있는 것은 아닐까요.

못생긴 며느리 제삿날에 병난다는 속담이 있습니다. 미운 사람이 더 미운 짓만 골라서 한다는 뜻이지요. 물론 아픈 사람은 당연히 치료가 우선입니다. 하지만 눈치코치 없는 것이야 참아주더라도 손윗사람들한테 상전 노릇까지 하려 들면 정말 꼴불견이지요.

밥은 열 군데서 먹더라도 잠은 한군데서 자라는 말이 있습니다. 사람이 일정한 거처가 없으면 사람 대접받기 힘들다는 뜻이지요. 그러고 보니 동가식서가숙으로 보냈던 젊은 시절, 정말 비참지경으로 살았다는 생각이 듭니다. 옛말 틀린 게 별로 없지요.

음식 40프로 줄이면 수명 20년 늘어난다고 영국 노화 연구진이 발표했습니다. 전 하루에 한 끼만 먹는데 수명이 얼마나 늘어날까요. 음식 줄여서 늘어난 수명, 스트레스로 다 까먹지는 않았을까요. 미운 놈 떡 하나 더 준다는 속담 속에는 먹여서 비만으로 만들겠다는 뜻이 숨어 있는지도 모릅니다.

첫 단추를 잘못 끼웠으면 고쳐 끼우면 될 것을 잘못 끼운 줄 알면서도 아등바등 끝 단추까지 끼우고야 마는 인간들이 있습니다. 곁에서 보는 놈 복장이야 터지거나 말거나.

양심을 팔면서 부귀영화를 누리는 인간보다는 양심을 지키면서 시정잡배로 사는 인간이 훨씬 존경스럽습니다.

건망증이 심한 남자가 친구와 다방에서 차를 마시다 토요일에 등산 가자는 약속을 하고 그 사실을 수첩에 적어두었습니다. 다방을 나서며 친구는 건망증이 심한 남자에게 토요일 등산 약속 잊지 말라고 거듭 당부했습니다. 수첩을 확인한 건망증 남자가 말했습니다. 어, 그날은 선약이 있는데?

달빛으로 목욕을

감성마을에는 모월당이라는 현판이 달린 한옥 한 채가 모월봉 앞에 엎드려 있습니다. 강연장으로 많이 활용되는 건물입니다. 모월당은 달을 사모하는 집이라는 뜻입니다. 그 일대가 달빛 청정구역입니다. 물론 오시면 누구나 달빛으로 목욕을 하실 수 있습니다.

비행기를 타고 무궁화 삼천리 화려강산, 대한민국 산천을 내려다보면 자연이 너무 많이 훼손되고 있다는 사실을 절감하게 됩니다. 이런 식으로 계속 자연을 훼손하다 보면, 마침내 인간이 멸종위기에 처해져 천연기념물로 지정될 날이 올지도 모른다는 생각을 했습니다.

한글은 세계적인 언어학자들이 인류 최고의 문화유산으로 지목하는 문자입니다. 공휴일이 하루 더 늘어나면 국가 경제에 타격을 입힐 거라는 주장은 문화적으로 너무 야만적이라는 생각이 들지 않습니까. 공휴일 많아서 망한 나라는 어디이며, 공휴일 없어서 흥한 나라는 어디입니까.

수십 년 전 한국 토종 민물고기인 가물치가 일본으로 건너가 일본 생태계를 엉망으로 교란시킨 적이 있다고 합니다. 그뿐만이 아닙니다. 지금은 미국까지 건너가 그쪽 생태계를 왕성하게 교란시키는 중이랍니다. 외래어종인 베스나 블루길에게 치어나 알까지 먹혀 멸종위기에 처해 있는 토종 물고기들, 그 복수를 가물치가 대신해 주고 있는지도 모릅니다.

지구를 농구공 크기로만 축소해도 사라져버릴 나라 대한민국. 여기서도 남한과 북한을 나누고, 영동과 영서를 나누고, 영남과 호남을 나누고, 강북과 강남을 나눕니다. 그리고 서로를 적대시합니다. 아무 데서나 한쪽 다리 들고 오줌 싸면서 영역표시라도 할 태세들입니다.

불투명한 미래, 암울한 현실과 싸우면서 희망을 상실해 가고 있는 젊은이들에게 필요한 존버정신. 왜 부정부패를 일삼는 고위층들이 고수하고 사십니까. 나중에 빵깐에 가시면 그때 존나게 버티시고 지금은 부디 양심 좀 챙기소서.

배려를 모르면 사랑도 모른다

무가치한 일에 목숨을 걸고 부모와 가족까지 곤궁에 몰아넣는 사람들이 있습니다. 한 가지 분명한 사실은 책을 많이 읽지 않았거나 읽었더라도 건성으로 읽은 사람들입니다. 이 말에 발끈하시는 분들도 역시 마찬가지.

나쁜 짓을 하고 자기 혼자 욕먹으면 그만이라고 생각하시는 분들도 많습니다. 하지만 대개 주변 사람들 역시 도매금으로 욕을 먹게 됩니다. 세상을 망치는 대부분의 인간들은 배려를 모른다는 공통점을 가지고 있지요. 그러니 사랑인들 기대할 수가 있겠습니까.

사랑을 해본 적이 없는 사람은 시간의 실체를 만나본 적도 없는 사

2012

람입니다.

누군가에게 가위나 칼 따위를 건넬 때 자루가 자기 쪽을 향하게 하고 날이 상대편을 향하게 하는 사람이라면 배려 따위를 기대하지 마십시오. 그 정도는 굳이 교육을 받거나 수행을 거치지 않아도 터득되는 소양이 아니겠습니까.

나 때문에 남이 수고하면 미안해지는 것이 당연지사입니다. 그런데 전혀 미안해 하지 않는 사람도 있습니다. 이른바 '나쁜인 사람들'이지요. 남을 배려할 줄 모르는 사람은 남을 사랑할 줄도 모르는 사람입니다. 설마 당신의 애인이 그렇지는 않겠지요.

무섭고도 슬픈 현실

피 토하며 죽은 노인, 그 자식은 금반지 찾느라 난리. 가족 없이 죽음 맞는 독거노인 고독사, 한 해 1천여 건 추정. 고독사 10명 중 9명 가족 있지만, 관계단절로 쓸쓸한 임종. 오늘 신문의 타이틀입니다. 인간과 벌레를 구분하기 힘든 세상이 오고 있다는 예감에 소름이 끼칩니다.

평생 자신만을 위해 사는 사람에게는 늙어 죽을 때까지 만족이 오지 않습니다. 평생 타인을 위해 헌신하며 사는 사람은 늙어 죽을 때까지 크게 부족함을 느끼지 않습니다. 진정한 행복은 나만을 생각할 때 생기는 것이 아니라 모두를 생각할 때 생기는 것입니다.

가족에게 부끄럽지 않은 삶은 세상에게도 부끄럽지 않은 삶입니다. 회사가 먼저가 아니라 가족이 먼저입니다. 그것이 정상이고 진실입니다.

보험금 타려고 자신의 손목을 자른 사람이 있군요. 남의 손목이 아니라 그나마 다행으로 여겨야 할까요. 자해는 보험금이 지급 안 될 텐데 부질없이 손목만 날아갔네요. 참 무섭고도 슬픈 현실입니다.

레밍이라는 동물이 있습니다. 나그네쥐라고도 하지요. 떼를 지어 절벽으로 몰려가 집단자살을 감행하는 동물로 유명합니다. OECD 국가 중 국민 자살률 1위, 청소년 자살률 1위, 노인 자살률 1위. 자살 삼관왕국입니다. 레밍도 아니면서 대한민국은 도대체 왜 이러는 걸까요.

9

그대 현재는 미약하였으나
그대 미래는 창대하리라

언젠가는 성공이라는 놈이 팔을 활짝 벌려 그대를 껴안을 날이 올 것입니다.

저문 날 강 건너 마을에

방금 잠에서 깨었습니다. 문하생에게 물어보니 9시간을 잤다고 합니다. 9시간 동안 제 의식은 어디를 헤매고 있었을까요. 아무 기억도 없습니다. 문득 하루에 한 번씩 죽었다 살아난다는 생각을 했습니다. 살아 있는 동안만이라도 많은 것들을 사랑하겠습니다.

글쓰기에 필요한 그대의 감성지수와 문장력, 그리고 집중력을 높이고 싶다면 날마다 연애편지를 쓰세요. 반드시 이성에게 쓰실 필요는 없습니다. 예수님이나 부처님, 은백양나무나 며느리밥풀꽃, 모두 괜찮습니다. 사랑은 글을 숙성시키는 특급 발효제입니다.

김광석의 〈서른 즈음에〉를 반복해서 듣고 있습니다. 일흔 즈음에 들

어도 가슴이 아릴 것 같은 노래입니다. '매일 이별하며 살고 있구나'라는 끝 소절을 '매일 사랑하며 살고 있구나'로 개사해 부를 수 있는 인생이기를 빌어봅니다.

시계의 분침이 새벽 5시를 넘어서고 있습니다. 귀뚜라미는 아직 깨어 있습니다. 저도 아직 깨어 있지요. 아무에게나 전화를 걸어 사랑한다고 말하고 싶습니다.

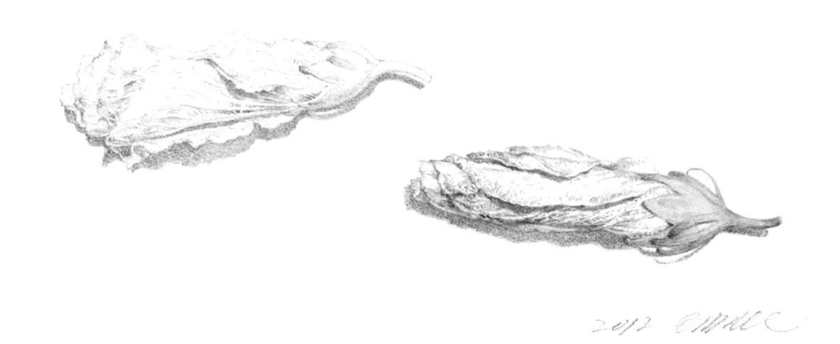

저문 날 강 건너 마을에 시나브로 켜지는 밀감빛 등불. 바라보면 얼마나 가슴이 아려오는지, 객지를 오래 떠돌아본 사람은 알고 있지요.

거의 하루 한 끼를 먹고 삽니다. 먹고 싶을 때만 먹습니다. 젊었을 때, 하루는 거르고 하루는 굶고 하루는 건너뛰기를 많이 해서 허기에는 무감각입니다. 만약 나쁜 놈들이 나를 잡아가서 고문한다면, 안 먹이는 고문이나 안 재우는 고문이라면 무조건 콜.

하늘에 닿기 위하여

결혼을 거래로 생각하는 사람들이 많아지고 있습니다. 적당한 상대를 만나면 "저와 결혼해 주시겠습니까"라는 말 대신 "저를 구매해 주시겠습니까"라는 말로 프러포즈하는 시대가 멀지 않았다는 생각을 했습니다.

책만 읽어도 해결될 문제들이 수두룩한데 한사코 돈만 밝히니 결국 근심만 페이지 수가 늘어납니다. 책과 멀어지게 되면 기품과도 멀어지게 됩니다. 그리고 기품과 멀어지게 되면 행복과도 멀어지게 됩니다. 불행해지고 싶으신가요. 책을 내던져버리십시오.

웃는 얼굴에 침 뱉으랴, 라는 속담이 있습니다. 하지만 상대가 열받았을 때는 웃지 말아야 합니다. 열받았을 때 웃으면 비웃음으로 보일 가능성이 짙기 때문입니다. 교훈도 때와 장소에 따라 이용가치가 달라질 수밖에 없습니다.

살면서 수시로 자각하게 됩니다. 나는 받기 위해서 태어난 사람이 아니라 주기 위해서 태어난 사람이구나. 저만 그런 것이 아니라 모두가 그렇다는 생각입니다. 하지만 대부분이 그 사실을 망각하고 삽니다. 그래서 불평불만, 근심걱정이 끊이지 않는 거지요.

인생을 부끄럽지 않게 살고 싶다면, 최소한 거울 두 개 정도는 갖추고 있어야 한다는 생각입니다. 한 개는 외출할 때마다 자신의 외모를 비추기 위해 세면대 앞에 걸어두는 거울, 한 개는 수시로 자신의 내면을 비추기 위해 마음의 벽에 걸어두는 거울입니다.

어릴 때는 아무도 사람을 무시해서는 안 된다고 생각했습니다. 불혹의 나이로 접어들면서 더러 세상에는 무시해야 할 사람들도 있다는 사실을 알았습니다. 이순을 넘긴 지금은 비로소 통감합니다. 무시하는 놈도 무시당하는 놈도 결국은 외로울 뿐이라는 사실을.

양심자판기가 발명되면 어느 분 방에 한 대 설치해 드리고 싶은가요. 여러 명이어도 상관이 없습니다.

마음을 세탁할 수 있는 전기세탁기 나오면 선물해 주고 싶은 사람이 있으신가요. 한번 공개해 보세요. 물론 저는 자진해서 한 대 구입하겠습니다. 가끔은 마음에 때가 묻기도 하거든요.

끊임없이 하늘을 향해 자라 오르는 나무들을 보면서, 어쩌면 나무들의 소망은, 꽃을 피우거나 열매를 맺는 것이 아니라, 하늘에 닿는 것일지도 모른다는 생각을 했습니다. 나무들을 볼 때마다, 참 아름답고 거룩한 생명체라는 생각을 하게 됩니다.

눈부시게 사랑하리라

추적추적 비가 내리고 있네. 지난겨울 내 가슴에 박힌 비수 자국, 아직 아물지 않은 채로 쓰라린데, 설마 봄이라도 오려나, 설마 꽃이라도 피려나. 뜬눈으로 밤을 지샌 영혼 하나 추적추적 내리는 비에 젖고 있네.

그대가 미신처럼 신봉했던 사랑이 한낱 발정에 근거한 육체적 목마름이 아님을 명확하게 증명할 방법이 있는가. 없다. 그것은 인생을 처참하게 말아먹은 다음에야 명확하게 증명되는 특성을 가지고 있다.

오늘같이 추적추적 비가 내릴 때 아무도 보고 싶지 않다면, 현재 사랑하는 사람이 있거나 심장에 곰팡이가 슬었거나 둘 중의 하나.

내 지나간 겨울은 참혹했었네. 매정도 하지, 많은 것들이 인사도 없이 내게서 떠나갔네. 하지만 꽃 피는 봄이 오면 복수하겠네. 마음이 어여쁜 사람들을 눈부시게 눈부시게 사랑하겠네.

그대 선인장이여. 나로부터의 격렬한 포옹을 기대하기 전에, 먼저 그대 몸에 맹렬하게 돋아난 가시부터 해제해 줄 수는 없을까.

저물녘 세상의 모든 그림자들 길게 누울 때, 강 건너 작은 마을에 하나둘 등불 켜지고, 불현듯 그대 이름 떠올리면 쓰라리다, 상처 난 가슴 밑바닥으로 고여 드는 소금물.

사랑의 고백

어떤 분이 절 보고 혹시 글을 대필하지 않느냐, 본인이 직접 쓰느냐고 물으셨습니다. 제가 대답했습니다. 이외수의 모든 글은 인간에 대한 사랑의 고백입니다. 사랑의 고백을 제 입으로 해야지 남의 입으로 할 수는 없지 않겠습니까.

'남이 하면 불륜 내가 하면 로맨스'라는 말로 남을 비방하는 사람들이 있습니다. 하지만 누워서 침 뱉기나 진배없는 말입니다. 그 말을 내뱉는 순간 자신에게도 그 말이 적용된다는 사실을 망각하고 있기 때문입니다.

억울한 오해나 모함을 당했는데 곁에 아무도 없을 때는, 신조차도 없다는 생각이 들지요. 세상에서 가장 견디기 힘든 고문은 혼자라는 이름의 고문입니다. 가끔 뼈가 저릴 때도 있습니다. 하지만 글밥 먹고 사는 놈의 팔자소관, 그러려니 하면서 살아갑니다.

화를 참으면 병이 됩니다. 저는 정직하게 화를 냅니다. 그리고 십 분 이내로 화를 가라앉힙니다.

마흔을 넘기면서도 가난했습니다. 술을 마시면 자주 〈사노라면〉이라는 노래를 부르면서 울었습니다. 새파랗게 젊다는 게 한밑천인데 마흔을 넘었으니 그 새파란 밑천마저도 털린 기분이었습니다. 예순이 넘어서야 가난이 가장 값진 밑천이라는 사실을 알게 되었습니다.

못 다한 말이 있으면 어디 한번 속삭여보라고 하늘이 낮게 내려앉아 제 입 가까이 귀를 갖다댑니다. 그러니까 할 말이 생각나지 않습니다. 지금까지 겪어온 모든 아픔들이 엄살 같습니다. 하나님, 저는 걱정하지 마세요. 열심히, 그리고 착하게 살겠습니다.

저는 어제도 주말, 오늘도 주말입니다. 저처럼 직장이 없으면 날마다 주말입니다. 하지만 날마다 주말이라고 날마다 노는 건 아닙니다. 하다못해 천자문이라도 쓰고 있거나 영어단어라도 외우고 있으면 공부하는 겁니다. 백수라고 절대로 기죽지 맙시다.

외로움은 나이 들수록 독야청청

창밖에는 바람소리. 허연 눈가루를 흩날리며 내달아가는 망령들의 스산한 울음소리. 산들은 아직 동면에서 깨어나지 않았고, 계곡은 견고한 얼음에 덮여 시간조차 정지해 있는데, 우리 사는 세상, 꽃 피는 봄이 오기는 오는 걸까요. 불현듯 울고 싶어집니다.

새벽입니다. 열린 창문으로 밀려드는 밤공기가 제법 싸늘합니다. 옆구리도 몹시 허전합니다. 하지만 기다리는 사람은 오지 않고 지랄 같은 독감이 먼저 찾아옵니다. 어릴 때는 앓고 나면 재주가 하나씩 늘곤 했는데 이제는 주름살만 하나씩 늘곤 합니다. 쿨럭.

예기치 못했던 일을 저지른 사람에게 왜 그랬느냐고 물었을 때, '외로워서'라고 대답하면 가슴이 싸해지면서 할 말이 없어져 버리는 사람, 같이 모여서 계 하나 만들면 어떨까요. 계 하나 만들어서 뭘 하냐고 묻지는 마세요. 걍 외로워서 해본 소리니까.

저는 나이 들수록 시름시름 기력이 떨어지는데 고독은 아무리 나이 들어도 독야청청합니다.

차로 깨달음을 얻었다는 초의선사. 제자들이 물었습니다. 차맛은 어때야 합니까. 초의선사가 대답했습니다. 차맛은 천차만별이어서 굳이 어떤 맛이 제일이라고 하기는 어렵지만, 나는 봄빛이 언뜻 스쳐간 맛을 즐긴다. 아, 얼마나 오묘한 대답입니까. 한 수 빼긴 느낌입니다.

그럴 일은 없겠지만

카프카의 중편소설 「변신」에서처럼 어느 날 갑자기 당신이 한 마리의 벌레로 변해 버렸습니다. 당신은 나이만큼의 글자수로 자신의 심경을 토로할 수가 있습니다. 제일 먼저 누구에게 무슨 말을 토로하고 싶으신가요.

당신이 대머리인데 어떤 사람이 머리빗을 선물했습니다. 어떤 반응을 보이시겠습니까.

사람이 귀로 숨을 쉬고 코로 소리를 듣게 된다면, 세상은 어떻게 달라질까요.

개떡 같은 세상을 꿀떡 같은 세상으로 만드는 법 아시는 분 계십니까.

마음을 찍을 수 있는 카메라가 발명되면 세상은 어떤 모습으로 달라지게 될까요.

거칠고 따가운 감촉의 콧수염을 보유하고 있습니다. 백 년 동안 잠자는 공주 있으면 신고해 주시기 바랍니다. 키스 한 방으로 깨워드릴 수 있습니다. 따귀는 즉시 반환해 드립니다.

누가 개념 뽑을 수 있는 자판기 좀 발명해 주세요.

어떤 여자가 최면술을 통한 전생 여행에서 깨어나 뿌듯한 표정으로 말했습니다. 최면 상태에서 난쟁이들을 여러 명 보았어요. 저는 전생에 백설공주였음이 분명해요. 그러자 최면술사가 말했습니다. 당신은 걸리버였습니다.

생각을 뒤집어보세요

어떤 사내가 벼락을 맞아 즉사했는데 시체가 활짝 웃고 있었습니다. 사내의 영혼이 염라대왕 앞으로 호출되어 갔을 때 염라대왕이 물었습니다. 벼락 맞아 죽으면서 활짝 웃은 이유가 무엇이냐. 사내가 대답했습니다. 사진 찍는 줄 알았습니다.

수험생들은 대개 시험 보는 날 아침 죽을 먹지 않습니다. 죽을 쑬지도 모른다는 생각 때문이지요. 하지만 우리 차남은 수능 보는 날 죽을 먹고 시험장으로 갔습니다. 식은 죽 먹듯이 쉽게 치르겠다는 의도였습니다. 물론 좋은 결과를 얻었습니다. 매사가 생각하기 나름입니다.

한때 촛불의 배후가 누구냐는 말이 화제로 떠돌았던 적이 있습니다. 저는 오래도록 생각해 보았습니다. 그리고 하나의 결론에 도달할 수 있었습니다. 모든 촛불의 배후는 어둠입니다.

어떤 분께서 SNS가 '신촌 냉면집 사장'의 이니셜이라고 하셔서, 마시던 차를 자판에 뿜을 뻔했습니다. 번뜩이는 재치에 찬사를 보냅니다.

누나가 의상실을 차렸습니다. 상호는 '희망 의상실.' 그런데 장난기가 발동해서 간판의 글자들을 그대로 두고 띄어쓰기만 바꾸어보았습니다. '희망의 상실.' 띄어쓰기가 왜 중요한지 이제 아셨지요. 눈치 못 채셨으면 난독증입니다.

이대로 괜찮습니다. 지구상에서 가장 영혼이 자유로운 방랑자. 아무리 가까운 거리를 이동해도 영원으로 이어집니다. 마이클 잭슨은 감히 범접도 못 할 문워크 종결자. 달팽이라고 합니다.

나도 우겨볼까

중국이 고구려를 자기네 역사라고 주장한다. 일본이 김치를 자기네 음식이라고 주장한다. 눈뜬 채로 역사와 문화를 날치기 당해도 대책은 미온적이다. 이러다가는 단군 할아버지까지 중국 할아버지라고 우기는 날이 오지 않을까.

〈아리랑〉이 자기네 문화유산이라고 우기는 중국도 어처구니가 없지만, 중국이 동북공정이다, 한글공정이다 등으로 흑심을 드러내 보일 때 수수방관만 했던 관계부처는 도대체 하는 일이 무엇인지 의심스럽다. 놀면서 국민 세금 먹는 하마들인가.

중국이 유네스코에 〈아리랑〉을 자기네 무형문화재로 등재했다고 한다. 아리랑 아리랑 아라리요, 아리랑 고개로 넘어간다. 제기럴. 나는 지금까지 '아리랑 고개'라든가 '넘어간다'라는 말이 중국말인 줄 몰랐어. 나중에는 태극기도 니들 거라고 우길 거지?

중국, 태권도 〈아리랑〉 상무돌리기 다 중국문화라고 선전하고 있다. 곧 박지성 이창호 김연아도 중국 사람이라고 주장하겠지. 아니면 짝퉁을 만들어낼 거니?

중국이 한글을 중국의 문화유산이라고 우기는 것은, 한국이 만리장성을 한국의 문화유산이라고 우기는 것과 다름이 없다. 이참에 우리도 천안문, 삼국지, 만리장성, 홍콩 다 우리 거라고 한번 우겨볼까.

자주 가던 중국집이 있는데 오늘 가서 먹어보니 너무 맛이 없었다. 알고 보니 주방장이 바뀌었단다. 다른 중국집을 물색해 보아야겠다. 중국집이 짜장면을 아무리 맛있게 만들어도 〈아리랑〉은 우리 거.

아무리 짬뽕과 짜장면이 한국에 들어와 서민들의 인기를 독차지해도, 아무리 돈가스와 스파게티가 한국에 들어와 젊은이들의 인기를 독차지해도 밥이 차지하고 있던 주식의 자리를 빼앗지는 못했다. 외국에서 흘러들어온 음식들은 결국 군것질에 불과하다.

진실로 귀한 것을 귀한 줄 모르면 도둑이 그것을 훔쳐간 뒤에도 무엇을 잃어버렸는지조차 모르게 된다. 보라, 우리가 한글이라는 보물을 가지고 있으면서도 귀중함을 모르고 소홀히 하니 중국이라는 도둑이 이를 훔치려는 마수를 노골적으로 드러내고 있다.

중국은 동북공정, 한국은 종북공정. 공정타령 하면서 정작 공정하지 못한 세상을 만들고 있는 것은 아닐까.

일본이 독도가 지들 거라고 또 억지를 쓰고 있다. 독도에는 한 명의 일본인도 한 마리의 일본원숭이도 살지 않는다. 파도도 한국어로 철썩철썩, 갈매기도 한국어로 끼룩끼룩. 내가 독도한테 물어보았다. 너 일본 거냐. 독도가 대답했다. 다케시마 엿 처드셈!

고향에 말뚝 박고 사는 사람 몇이나 되리. 정처없이 떠도는 부평초 신세, 자리 잡고 정붙이면 거기가 고향. 이 좁은 땅덩어리조차 두 토막이 났는데, 굳이 영호남을 나누고 영동서를 나누어 박터지게 싸우는 뜻을 알 수가 없네. 그래도 독도는 대한민국 땅.

뫼르소의 총소리

저는 눈을 뜨면 제일 먼저 인터넷으로 신문 읽기부터 시작합니다. 오늘은 5월 18일. 그러나 무엇이 잘못된 것일까요. 광주민주화운동에 대한 기사는 어디에서도 찾아볼 수가 없습니다. 침묵하는 언론은 죽은 언론입니다.

5. 18. 죽은 자는 하늘에서 통곡하고 있는데 산 자는 땅에서 골프를 치고 있습니다.

박살난 햇빛이 마당 가득 흩어져 있습니다. 맨발로 걸으면 발이 베일지도 모릅니다. 문득 카뮈의 『이방인』, 뫼르소의 총소리를 환청으로 들었습니다. 이어 현기증.

반값 등록금 공약 지키라고 시위한 대학생들에게 200만 원짜리 벌금폭탄이 투척되었다고 합니다. 공약 못 지킨 정치가들과 그런 판결 내리신 법관들께 200만 원을 동전으로 거슬러서 얼굴에다 있는 힘을 다해 200번씩 투척해 드리고 싶네요.

사과를 모르는 자들은 결코 군자의 반열에 오를 수 없습니다. 소인배는 자신의 잘못 때문에 타인이 고통을 당해도 절대 잘못을 인정하지 않습니다. 양심 따위는 시궁창에 내던져버린 지 오래지요. 얼핏 보기에는 대범해 보이지만 사실은 동물에 가깝습니다.

연일 뉴스에 오르내리는 '나쁜놈들' 때문에 열받을 필요는 없습니다. 열받을 때마다 건강을 해치니까 열받은 사람만 손해입니다. '나쁜놈들'을 보시게 되면 '오늘 또 동물의 왕국으로 이민을 가서 살고 있는 잉여인간 하나를 보는구나' 정도로만 생각하세요.

인간을 가장 피곤하게 만드는 것도 인간이고 인간을 가장 불쾌하게 만드는 것도 인간입니다. 그럼에도 불구하고 사랑하지 않을 수 없는 것도 인간이지요.

사랑합니다 고객님

국민학교 때 제 별명은 외팔이, 외통수, 외다리 등이었습니다. 저는 그 별명이 싫었지만, 키가 작은 교장 선생님의 별명이 '짜몽'이었기 때문에 많은 위안을 받았습니다. 짜몽은 짜리몽땅의 준말입니다. 혹시 그대가 잊지 못하는 별명이 있다면?

산천어축제장에서 다섯 살쯤 되어 보이는 아이가 제게 물었습니다. 이외수 할아버지는 누구세요. 마치 선문답이라도 하자는 투여서 그만 말문이 콱 막혀버리고 말았습니다. 역시 제 공부는 아직 멀었습니다. 어떤 대답이 옳았을까요.

베짱이가 곤충기를 쓴 파브르에게 말했습니다. 베짱이는 겨울에 존재할 수 없는 곤충입니다. 그런데도 당신은 내가 겨울에 개미를 찾아가 구걸을 했다는 낭설을 퍼뜨렸습니다. 곤충학자로서는 너무 무식한 거 아닙니까, 라고 따졌습니다. 그대가 파브르라면?

천치가 아닐까 의심스러울 정도로 순진무구한 당신의 남동생이 어떤 전화상담원으로부터 "사랑합니다 고객님" 소리를 들었습니다. 그리고 처음으로 여자에게 사랑고백을 받았다는 착각에 빠져 있습니다. 당신은 어떻게 하시겠습니까.

경상도 출신 문하생 하나가 자기는 랩을 하면 사투리 억양이 나온다고 합니다. 한번 들어보고 싶은데 멍석 깔면 안 할 것 같습니다. 그래도 몹시 궁금합니다. 난 알아뿌써요, 이 밤이 허러고 허러면 누군가 나를 떠나뿌야 한다는 거설—이런 식일까요.

소신대로 살고파

『소서(素書)』에 이르기를, 은혜를 베풀었거든 그 보답을 바라지 말라 하였습니다. 부끄럽습니다. 지금까지 살아오면서 저는 은혜를 받기만 하였지 베풀지는 못했습니다. 세상에 존재하는 모든 것들께 은혜를 입었습니다. 진심으로 감사합니다.

온 국민이 초등학교 도덕 교과서에 있는 규범만 지키고 살아도 세상이 이토록 척박하지는 않을 거라는 생각을 했습니다.

교훈은 자기 실천을 위해 존재하는 채찍이지 자기 과시를 위해 존재하는 당근이 아닙니다.

저는 좌파도 아니고 우파도 아닙니다. 그냥 화천 감성마을 이외수입니다. 언제나 소신대로 살아갈 뿐입니다.

제가 좌파도 아니고 우파도 아니라고 누차 말씀드렸는데도, 굳이 무슨 파냐고 다그치신다면 초지일관 '내 멋대로 살고파'라고 말씀드리겠습니다.

저는 가급적이면 자유로운 영혼으로 살고 싶은 사람입니다. 그런데 제게 이렇게 살아라 저렇게 살아라 충고하는 분들이 계십니다. 묻겠습니다. 솔직하게 대답해 주십시오. 정말 저보다 잘살고 있다고 생각하시나요.

권력에 아부하는 자들이 잘사는 세상이 아니라 열심히 일하는 자들이 잘사는 세상은 언제 올까요.

쓰는 자의 고통이 읽는 자의 행복이 될 때까지

영화를 즐겨봅니다. 예술성이 뛰어났거나 오락성이 뛰어났거나, 확실한 색채가 드러나는 영화가 좋습니다. 김기덕, 팀 버튼, 스티븐 스필버그, 알프레드 히치콕 등은 콜. 무언가 있는 척 시작해서 개뿔도 없이 끝나는 영화는 열받습니다. 좋은 연출에 연기력이 뛰어난 배우까지 출연하면 짱. 미모까지 받쳐주면 얼씨구나.

그런데 왜 저는 영화를 본 지 한 달이 지나면 스토리를 몽땅 잊어버리게 되는 것일까요. 왜 두 번째 보는 영화도 처음 보는 영화처럼 재미있는 것일까요. 왜 외국배우들의 이름은 도저히 기억할 수 없는 것일까요.

과거에 고통받은 적이 있거나 현재 고통받고 있거나, 과거에 슬퍼본 적이 있거나 현재 슬퍼하고 있는 이들을 위해 저는 글을 씁니다. 저는 언제나 작가에게는 고통이지만 독자에게는 행복인 글을 쓸 수 있기를 기도합니다.

어떤 분이 제게 물었습니다. 왜 당신은 여러 책에서 같은 소리를 반복하시나요. 제가 대답했습니다. 중요한 것은 반복합니다. 그가 다시 반문했습니다. 당신이 술 마시고 같은 소리 하시는 것도 중요해서인가요. 제가 대답했습니다. 그건 제가 실성했다는 뜻입니다.

때로는 칼에 베인 상처보다 글에 베인 상처가 더 치명적일 수가 있습니다.

하나의 존재는 하나의 사랑입니다. 그중에서도 그대가 가장 눈물겨운 사랑입니다.

● 이 책에 담긴 모든 그림들

15쪽
도라지꽃

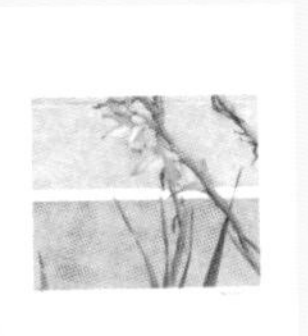

18쪽
글라디올러스

24쪽
함박꽃나무

29쪽
노랑선씀바귀

34쪽
백합

37쪽
모시대와 꽃순이,
털동자꽃

43쪽
마잎과 족두리풀

50쪽
조약돌들

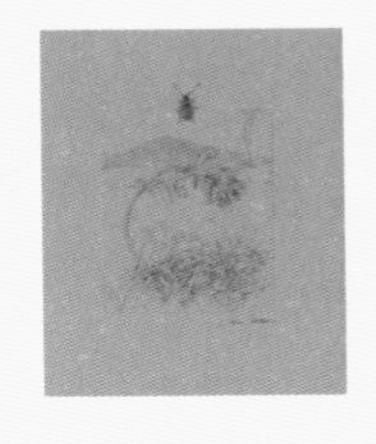

54쪽
톱하늘소와
산괴불주머니

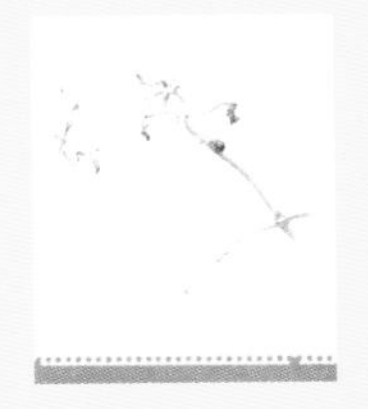

61쪽
마른 풀

66, 67쪽
붉은서나물

75쪽
깽깽이풀

81쪽
왕원추리와
나비잠자리

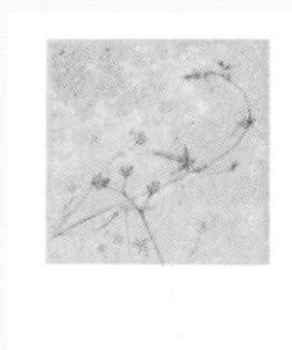

86쪽
며느리밑씻개와
한삼덩굴

90쪽
나무수국

95쪽
여우비

102쪽
배추흰나비 그림자와
고려엉겅퀴

103쪽
배추흰나비와
고려엉겅퀴 그림자

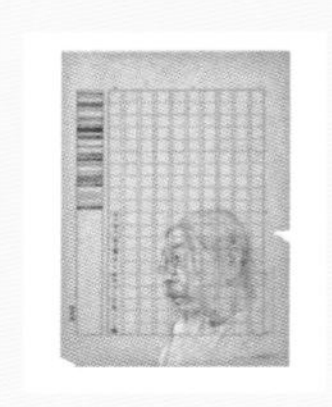

113쪽
이외수꽃

119쪽
뻐꾹나리

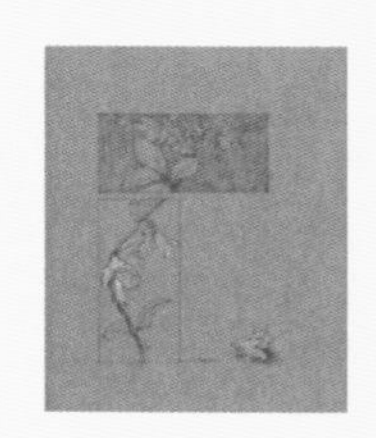

124쪽
매화말발도리

129쪽
능소화

134쪽
상사화

140, 141쪽
물총새와 뽀리뱅이

147쪽
백작약

152쪽
마타리와 호랑나비

160쪽
박꽃

167쪽
뭉게구름

173쪽
용담

179쪽
산오이풀

182쪽
구절초

188, 189쪽
자목련

196쪽
돌단풍

202쪽
가을들풀

209쪽
겹꽃삼잎국화

212쪽
청노루귀

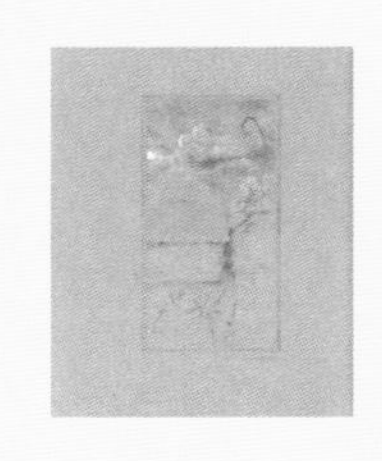

219쪽
박주가리

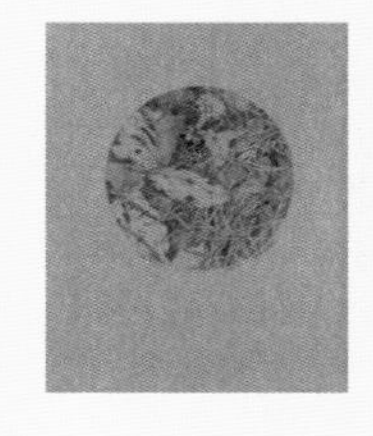

226쪽
구슬붕이

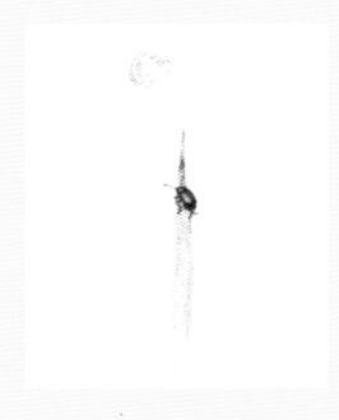

233쪽
오리나무잎벌레

236쪽
해바라기

240쪽
밤과 나

247쪽
제비꽃

250쪽
머루덩굴과
무당벌레

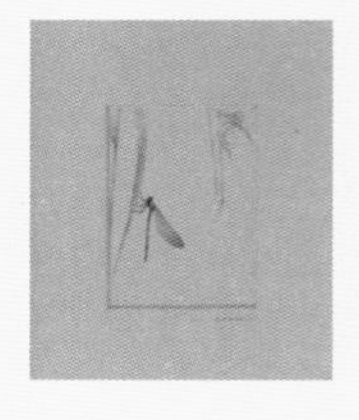

258쪽
물잠자리

266, 267쪽
무궁화

272쪽
피나물

278쪽
백련

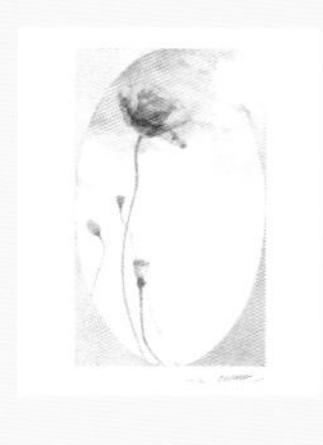

281쪽
꽃양귀비

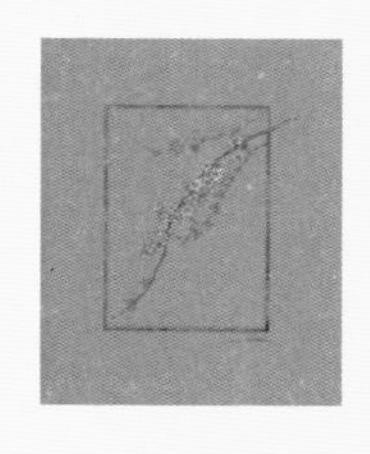

287쪽
조팝나무

296쪽
체리

※ 꽃 이름 감수 | 오상오

사랑외전

초판 1쇄 2012년 10월 30일
초판 6쇄 2013년 1월 15일

지은이 | 이외수
그린이 | 정태련
펴낸이 | 송영석

편집장 | 이진숙 · 이혜진
기획편집 | 박신애 · 한지혜 · 박은영 · 신량 · 오규원
디자인 | 박윤정 · 김현철
마케팅 | 이종우 · 허성권 · 김유종
관리 | 송우석 · 황규성 · 전지연 · 황지현

펴낸곳 | (株)해냄출판사
등록번호 | 제10-229호
등록일자 | 1988년 5월 11일(설립연도 | 1983년 6월 24일)

120-210 서울시 마포구 서교동 368-4 해냄빌딩 5 · 6층
대표전화 | 326-1600 **팩스** | 326-1624
홈페이지 | www.hainaim.com

ISBN 978-89-6574-359-0

영혼에 찬란한 울림을 던지는 이외수의 시와 에세이

이외수의 인생 정면 대결법

절대강자

지금 살아 있다는 사실만으로도 그대는 절대강자다
오천 년 유물과 함께 발견하는 인생의 지침

이외수의 감성산책

코끼리에게 날개 달아주기

삶을 사랑하는 사람은 마침내 모두 별이 된다
흔들리는 젊음에게 보내는 감성치유서

이외수의 비상법

아불류 시불류

그대가 그대 시간의 주인이다
물처럼 자연스럽게 자신을 찾아가는 철학적 성찰

이외수의 소생법

청춘불패

그대가 그대 인생의 주인이다
영혼의 연금술사 이외수의 처방전

이외수의 생존법

하악하악

팍팍한 인생 하악하악, 팔팔하게 살아보세
이외수가 탄생시킨 희망의 언어들

이외수의 소통법

여자도 여자를 모른다

사랑을 잃고 불안에 힘들어 하는
이 시대에 보내는 이외수의 감성예찬

이외수의 사랑예감 詩

그대 이름 내 가슴에 숨 쉴 때까지

사랑함에 느낄 수 있는 여덟 가지 감성
이외수, 사랑과 그리움의 미학